기연

기연

초판 1쇄 발행 2023년 10월 19일

지은이 박도하
펴낸이 강수걸
편집 신지은 강나래 오해은 이선화 이소영 김소원 이혜정
디자인 권문경 조은비
펴낸곳 산지니
등록 2005년 2월 7일 제333-3370000251002005000001호
주소 부산시 해운대구 수영강변대로 140 BCC 613호
전화 051-504-7070 | 팩스 051-507-7543
홈페이지 www.sanzinibook.com
전자우편 sanzini@sanzinibook.com
블로그 sanzinibook.tistory.com

ISBN 979-11-6861-179-5 03810

기
연

박도하
장편소설

산지니

이 책을 나의 엄마, 박영희 님께 바칩니다.

차례

- 〈그림이 없는 밤〉에 나오는 그림은 원종근 작가의 〈Journeyer(여행자)〉(2015, Acrylic on canvas, 먹)입니다.

- 로드 맥킨(Rod Mckuen)의 〈앤드 투 이치 시즌(And to Each Season)〉의 가사를 인용하였습니다. 인용 부분은 이탤릭체로 본문에 표시하였습니다.

그림이
없는 밤

기연이 치수를 처음 만난 곳은 이불 가게였다. 그는 커다란 손으로 이불을 툭툭 치면서 반듯이 개고 있었다. 시장 건물에 몰려 있는 여러 이불 가게 가운데 그곳에 들어간 건 순전히 이름 때문이었다. 재연이불집. 재연. 딸아이의 이름이었다. 그곳에서 기연은 이불을 샀다. 침대 커버가 포함된 광목이불세트, 여름에 덮을 인견이불세트, 시부모님이라도 오시면 깔아줄 비단이불세트, 게다가 친척들에게 나누어줄 것까지 해서 여러 채였다. 기연은 이불 가게 주인인 치수가 권하는 대로 다소 비싸다 싶은 고급스러운 물건으로 크게 망설이지 않고 골랐다. 타지에서 공무원으로 일하는 딸은 혼수에 관심이 없었다. 엄마가 다 알아서 준비하라고 했다. 기연 역시 이 더운 여름날 더 나은 물건을 사기 위해 발품을 팔 의지는 없었다. 적당히, 처음 들어간 가게에서 혼수를 구입해버렸다. 가게에 들어갈 때마다 장사꾼들이 다른 것도 살펴보라고 권하며 자세히 설명을 해도 건성으로 봤으며 무성의하게 느껴질 정도로 쉽게 결정했다. 이불 역시 마찬가지였다.

치수는 키가 커서 별로 힘들이지 않고도 높은 곳에서 이불을 꺼내 펼쳐 보여주었다. 기연은 다른 걸 더 보고 싶지는 않았지만 빼곡하게 꽂힌 이불 가운데 능숙하게 하나를 골라 빼는 그의 모습이 보기 좋아서 필요 없다는 말도 하지 않고 가만히 있었다.

"첫딸이세요?"

부드러운 저음의 나긋한 목소리였다. 너무 크지도 작지도 않은 목소리. 기연이 한 번도 들어본 적이 없는 사려 깊은 목소리에 그녀는 고개를 끄덕이며 찬찬히 치수의 얼굴을 보았다. 까무잡잡하게 그을린 이마에 땀이 맺혔다. 외까풀의 눈꼬리가 긴 눈에 웃음이 어렸다. 눈가에 주름이 자글자글했지만 눈동자는 꼭 젊은 사람처럼 까맸다. 기연은 이상했다. 자신과 연배가 비슷하거나 조금 위일 것 같은 사내의 표정이 어떻

게 저렇게 해맑은지, 웃을 때 보조개까지 패는 남자라
니 꼭 소년 같았다. 그런데 계속 웃음을 보이다가도
어쩌다가 웃지 않는 순간, 그는 얼굴을 바꿔 끼운 것
처럼 눈꼬리가 아래로 처지며 금세 슬픈 얼굴이 되어
버렸다. 언제 웃었냐는 듯이 웃음기 없는 얼굴에 그늘
이 졌다. 그녀는 친절한 얼굴 너머, 순간순간 보이는
그 얼굴을 봐버렸다. 어쩐 일인지 그의 웃는 얼굴보
다, 그 그늘진 얼굴이 더 친숙하게 느껴졌다.

"한여름에 혼수 준비하러 다니시려면 힘드시겠네요.
하필 에어컨이 고장 나서."

그는 시원한 음료를 권하며 티슈로 땀을 닦아냈다.

"결혼을 빨리하셨나 보네요. 아니면, 따님이 결혼이
빠르신가요?"

기연이 젊어 보인다는 뜻이었다. 어딜 가도 그녀는
그런 이야기를 많이 듣는 편이었다. 동그란 얼굴, 속
쌍까풀이 있는 눈, 작은 입술에 주근깨가 있는 두 뺨
이 꼭 아이 같은 얼굴이라 사람들이 제 나이로 잘 보
질 않았다.

기연은 이제 쉰하고 일곱이 되었다. 딸은 스물다섯.
그녀는 딸이 결혼을 빨리하는 게 싫었다. 그래서 혼자

혼수를 준비하고 다니다 보면 갑작스레 짜증이 나곤 했다. 치수의 눈을 자기가 너무 빤히 쳐다보고 있었다는 걸 뒤늦게 깨닫고 감귤주스가 담겨 있던 종이컵으로 시선을 내리깔았다.

"딸이 좀 빠르죠."

염색한 지 얼마 되지 않았는지 유난히 까만 그의 머리카락은 약간 곱슬했다.

"이불…… 바로 배달이 되나요?"

치수는 잠깐만 기다려보라고 했다. 그는 어딘가로 전화를 했고 배달을 다녀올 동안 가게를 지키기 위해서 잠시 후 그의 아내가 왔다. 키가 크고 마른 여자였다. 살이 없어 움푹 팬 볼이 창백했다. 숱이 없는 커트 머리가 반백이었고 그 때문인지 치수보다 훨씬 나이 들어 보였다. 그에 비해 기연은 얼굴에 적당히 살이 붙은 편이었다. 키는 작아도 그렇게 마르지도, 통통하지도 않은 몸이 아담했다. 기연은 괜히 우쭐해졌다. 치수가 큼지막하고 투박한 손으로 이불을 꼼꼼히 개는 모습을 바라보고 있자니 늘 자신을 괴롭히던 짜증스러움이 숙지근하게 가라앉는 듯했다. 치수는 이불을 먼저 반듯하게 편 다음 눈에 보이지 않는 선이 있는

듯 정확하게 접어, 적당히 숨이 죽게 손으로 두드렸
다. 그러고는 비닐 가방 안에 넣었다. 서두르지 않으
면서도 절도 있는 동작으로 여러 채의 이불들을 그리
길지 않은 시간 안에 정리했다. 그의 큼직한 손이 부
드러운 이불 위를 스쳤다.

　트럭에 이불을 싣고, 치수는 운전대를 잡았다. 기연
은 그 옆에 앉았다. 이불만 배달해달라 하고 택시를
탈까도 싶었지만, 모르는 척 차에 올랐다. 트럭이 움
직이기 시작했다. 땀내가 훅 끼쳤다. 에어컨을 틀자 차
안의 열기가 누그러들며 이내 공기가 차가워졌다. 그
는 운전을 편안하게 하는 편이었다. 길이 막혀도, 누
군가 갑자기 끼어들어도 험한 소리를 내지 않았다. 그
녀가 타고 있어서인지도 몰랐다. 그녀는 고집스레 정
면을 바라보았다. 뿌연 유리에는 하루살이 같은 날벌
레가 말라붙어 있었다. 적막함이 부담스러웠는지 그
가 시디플레이어를 켰다. 기연이 잘 아는 익숙한 노래
가 흘러나와서 그녀는 자기도 모르게 고개를 돌려 그
의 얼굴을 보았다. 불면으로 날카로워진 신경을 부
드럽게 풀어주는 부드러운 목소리. 그녀가 즐겨 듣던
〈앤드 투 이치 시즌(And to Each Season)〉이었다. 로드

맥컨(Rod McKuen)이 파헬벨의 캐논에 시를 붙여 노래
한 것이었다. 그녀는 순간 그 노래에 자신이 미끄러져
들어가는 것을 느꼈다. 치수는 흥얼거리며 따라 불렀
다. 조용하고 나직하게. 허밍처럼. 부드러운 그 목소리
에 그녀는 다시 그의 옆모습을 훔쳐보았다. 그러고 보
니, 그의 분위기가 로드 맥컨과 비슷하다는 생각도 들
었다. 부드럽고 편안해 보이면서도 조금은 쓸쓸한. 이
런 남자를 본 적이 없었다. 두 눈이 검고 진지하면서
도, 부드러운 목소리에 그늘이 진 사람이라니, 신기했
다. 만화에나 나올 것 같은 남자도 나이를 먹는구나
싶었다. 그런 늙은 남자도 이 세상에 존재하는구나.
저런 아름다운 노래에서 걸어나온 것 같은 남자가.

"새하얀 옷을 걸친 겨울에 오신 것을 환영합니다.
가사가 참 좋죠?"

그의 목소리에 그녀는 화들짝 꿈에서 깨어났다. 노
래 속에서 계절은 흐르고 있었다. 라일락과 장미가 피
었다가 갈잎이 지고 흰 눈이 세상을 덮었다. 젊은이에
게는 기회가 주어지고 늙은이들은 사라졌다. 그는 가
는 내내 그 노래를 반복해서 틀었다.

"이 노래 아세요?"

"네……."

"저는 이 부분이 제일 좋아요. 로스트 인 더 다크니스…… 어둠 속에 길을 잃은 생명들을 피해 숲으로 숨어버린 야생 열매들……"

"영어를 잘하시네요."

말해놓고 보니 우스운 말 같아서 기연은 얼굴이 붉어졌다.

"아니에요. 하도 맨날 듣다 보니까. 저절로 외워지더라고요. 번역한 가사는 아들놈이 인터넷으로 뽑아줬어요."

그녀는 가게 이름인 '재연'이 누구인지 그에게 물었다. 조심스러운 목소리였다.

"제 아들놈 이름입니다."

웃음이 나왔다. 딸애가 결혼한다는 얘기를 들은 이후로 이렇게 웃음을 터뜨리는 건 처음이었다. 기연이 딸애 이름이 재연이라고 하자 그도 웃었다. 두 사람은 편하게 이런저런 얘기를 주고받기 시작했다.

불면증은 딸을 낳은 이후부터 기연을 떠나지 않은 오랜 병이었다. 처음에는 밤마다 아기가 울기 때문이라고 생각했다. 하지만 아기가 밤에 울지 않을 때도, 딸아이가 다 커서 곁에 없는 지금도 기연은 쉬 잠들지 못했다. 머리만 대면 코를 골며 잠에 빠져드는 남편 옆에서 기연은 눈만 감았다 흘러간 시간을 확인하고, 눈만 감았다 몸을 뒤척이고를 반복하다 아침을 맞이하기 일쑤였다. 다음 날 서너 시간 졸다 깨다 하는 게 수면의 전부였다. 그녀는 아주 깊은 잠에 빠져들 수 있다면 무슨 일이든 다 할 수 있다고, 어떤 것이든 다 줄 수 있다고 생각했다.

기연이 그림을 사기 시작한 것도 순전히 불면증 때문이었다. 잠이 오지 않을 때 그림을 보고 있으면 괴로움이 덜했다. 딸애가 쓰던 작은 방에는 그림 두 점이 포개어져 있었고 거실 벽에 한 점을 걸어놓았다.

커다란 거실 창 앞에는 바로 티브이가 놓였다. 티브이 오른쪽에 안방 문이 있었는데 그림은 안방 문 옆의 빈 공간에 자리했다. 창문 맞은편의 소파에 누우면 그림을 대각선으로 바라보게 되었다. 지금 거실에 걸려 있는 그림은 얼마 전에 구입한 것이었다. 주선의 지인이 그린 그림이었다. 기연은 그림에 대해 잘 몰랐지만 주선은 화가였고 주선을 따라다니며 그림을 보는 일이 좋았다. 그 그림을 처음 보았을 때 마음이 편안해졌다. 짙은 노을이 드리운 듯한 주홍빛의 아크릴 물감을 캔버스 전체에 깔고, 그림의 중앙부터 상단까지 먹으로 짧고 가는 선들을 빽빽이 그려 넣었다. 가까이 다가가서 보면 선들은 사방으로 자유롭게 뻗어갔다. 가느다란 털처럼, 위로 솟은 그것들은 위쪽으로 갈수록 옅어졌다. 그 모습은 강가의 수풀 지대나, 언젠가 기연이 전망대에서 내려다본 순천만 갈대밭의 전경과 비슷했다. 바라보고 있으면 잠이 올 것 같은 그림이었다.

오늘밤도 여느 때와 같이 소파에 누워 거실 벽에 걸린 그림을 바라보다가 기연은 문득 작은방에 잔뜩 쌓아놓은 이불이 생각났다. 그 이불을 꺼내주던 사내의 투박한 손이 떠올랐다. 그녀는 작은방으로 들어가 이불 한 채를 꺼내 바닥에 깔았다. 새하얀 이불에서 옅은 약품 냄새가 났다. 새 이불에 누워 있으니 위로받는 기분이었다. 하지만 그 기분도 잠시였고 딸의 결혼을 생각하자 가슴이 답답해졌다.

기연은 사위가 마음에 들지 않았다. 표정이 늘 어둡고, 한 번씩 화를 터트리면 살벌해지는 남편과 인상이

17

똑같았다. 게다가 사위는 딸애보다 일곱 살이 많았다. 그 생각만 하면 화가 치밀었다. 자기가 결혼하던 때가 생각나서였다. 그녀보다 열 살이 많은 지금의 남편은 선을 봐서 만났다. 그녀는 무남독녀였다. 기연은 결혼을 원치 않았다. 하지만 부모님은 어려서부터 빈혈이 심해 몸이 약했던 기연이 시집갈 곳이 없을까 봐 전전긍긍했다. 그녀는 중학교를 졸업하고 우체국에서 전화교환원으로 일했다. 하지만 전화가 자동화되어 전화교환원 일자리가 줄어들자 그녀는 일을 그만둬야만 했다. 스물넷이 되던 해였다. 새로운 일을 구하기도 쉽지 않았다. 결혼을 하지 않으려고 버텼지만 일자리도 잃고 집에서만 몇 년을 지내자 더 이상 결혼을 피하기는 어려워졌다.

남편의 첫인상은 별로 좋지 않았다. 스물아홉이 되던 해, 재취가 아닌 게 어디냐며 부모님은 그녀의 의견을 무시하고 결혼을 진행시켰다. 그런 남자와 어떻게 사나 해도 지금까지 살아왔다. 딸이 있어 버틸 수 있었다. 그런데 그런 딸조차 남편과 비슷한 남자에게 빼앗겼다. 그녀에게 선택할 수 있는 삶이란 없었다. 딸은 상황이 달랐다. 그런데도 왜 그런 남자를 선택하는

건지, 아니 왜 결혼을 선택하는 것인지 그녀는 이해할
수가 없었다.

기연은 화가 치밀었다. 새하얀 이불에 피 칠갑을 해
놓고 싶었다. 그것이 누구의 피든, 피를 보고, 찢고, 짓
이기고 싶었다. 새하얀 이불 자체가 저주 같았다. 그
러다가 문득, 이불을 짚고 있던 사내의 손을 생각했
다. 그의 웃음 띤 눈을, 나이보다 앳돼 보이는 그 눈매
를 떠올리니 이상하게 마음이 가라앉았다. 그녀는 휴
대폰을 찾아 이어폰을 연결했다. 오래전에 저장해둔
〈앤드 투 이치 시즌〉을 틀었다. 로드 맥컨의 목소리
사이로 그의 목소리가 들려오는 듯했다. 그녀는 다시
눈을 감았다.

혼수품으로 그릇과 상만 장만하면 되었다. 그저 귀
찮기만 했었는데, 오늘은 좀 달랐다. 시장에 갈 수 있
다는 게 좋았다. 핸드백을 챙기며 그 안에 넣어둔 재
연이불집 명함을 꺼내 들여다봤다. 박치수. 이불을 꺼
내던 그의 뒷모습이 떠올랐다.

모두 여섯 지구로 나뉘어 있는 시장은 미로 같았다.
지하로 통하는 길도 여럿이고, 건물과 건물 사이를 잇

는 통로를 따라 다른 동으로 이동이 가능했다. 이곳에 와서 발길 닿는 대로 헤매며 온갖 물건들을 구경하다가, 싸구려 물건을 하나 사 들고 시장통의 순대나 국수 따위를 먹으며 시간을 보내면 밤새 불면으로 지쳐 있던 신경들이 그나마 풀어지는 듯했다. 그중에서도 천 가게를 둘러보러 다니는 것이 가장 좋았다. 온갖 색상과 질감을 지닌 천들이 손만 뻗으면 원하는 모양으로 드르륵 박혀, 눈앞에 나타나는 마법. 커다란 주름을 넣어 은은한 광택이 나는 커튼부터, 꽃무늬가 화려한 쿠션, 아기자기한 무늬의 휴지덮개까지. 천도, 그 결과물도 다양했다. 그중에서도 기연은 커튼을 가장 좋아했다. 천을 사고, 그 천을 박아주는 가게에서 싼값에 커튼을 만들어낼 수 있었다. 문제는 더는 걸어놓을 데가 없다는 것. 그래서 딸아이의 커튼은 귀찮은 맘도 없이 제일 먼저 이곳에 와서 천을 골라 맡겼다.

천 가게들을 지나 다음 블록으로 접어들면 이불 가게들이 쭉 늘어서 있었다. 솜을 손에 가득 쥔 것처럼 손끝이 간질간질했다. 기연은 스스로를 가라앉히며 발을 디뎠다. 복도 바닥에는 실과 자투리 천들이 떨어져 뒹굴고 있었다. 그녀 역시, 그렇게 조각나 뒹굴고 있는 것 같아 억지로 흩어진 자기의 반영들을 한곳으로 애써 그러모았다.

이건 뭔가.

기연은 무언가가 자신을 뒤흔드는 것만 같은 이 기분이 이상했다. 문득 딸아이의 목소리가 툭 튀어나왔다. 엄마는 사랑해본 적도 없잖아. 사위를 처음 본 날이었을 거다. 나이도 많고 인물도 없고 인상도 좋지 않은 터라, 기연은 딸아이에게 싫은 소리만 잔뜩 늘어놓았다. 그런 기연에게 딸아이는 말했다. 그 말은 죽지 않고 살아서 자꾸 튀어 올랐다. 그 말은 질문이 되어서 기연의 머릿속을 맴돌았다.

나는 사랑을 해보았나. 사랑이 뭔가. 남편을 사랑하는가. 남편은 나를 사랑하는가.

어느 하나에도 제대로 된 답이 떠오르지 않아 기연은 답답했다. 벚꽃이 피면 예쁘다 하고, 딸아이를 키우며 예쁘다 사랑한다, 확신한 적은 있으나 사내를 보고 예쁘다, 어여쁘다, 귀하다, 안고 싶다, 생각한 적은 없다. 그녀는 딸아이에게 이렇게 속으로 가만히 중얼거렸다. 눈이 벌게지도록 잠들지 못한 밤에. 재연아, 사랑이 뭐냐? 한 번도 경험해보지 못한 무언가가 돌

맹이처럼 몸속을 떠다니며 그녀를 아프게 했다.

기연은 놀란다. 재연이불집 앞에 이르러, 유리문 안쪽, 색색의 이불 사이에 서 있는 치수의 뒷모습을 본다. 이불 사이에 서 있는 그의 모습이 근사하고, 어여쁘고…… 안고 싶다.

유리문 이쪽에 서서 망설이는데 치수가 다가오며 먼저 알은척을 했다.

"어이쿠, 재연 어머니 오셨어요?"

머릿속이 하얘졌다. 치수는 그녀를 의자에 앉히고 종이컵에 주스를 따라주었다. 어떤 말이든 해야 한다는 생각에 그녀는 입을 열었다.

"그렇게 많이 샀는데, 서비스도 안 주시고."

"아, 사모님. 저희 이불은 다른 데랑 달라요. 기능성이라고요. 그래도 알아서 잘 빼드렸는데."

치수는 수십 번도 더 내뱉었을, 뻔한 말을 태연하게 내놓았다. 그 모습에 기연은 갑자기 섭섭해졌다. 고객을 대하는 듯한 그의 깍듯한 태도에 거리감이 느껴졌다. 새초롬해진 그녀의 표정에 그는 당황한 듯 말을 덧붙였다.

"그래도 여기까지 오셨으니까. 뭐가 필요하신데요?

얼른 말씀해보세요."

기연은 그의 눈을 빤히 보았다. 그도 기연을 마주 봤다. 그녀는 생각나는 대로 주워섬겼다.

"여름 홑이불이요. 잠이 잘 오게 하는."

치수는 눈웃음을 지으며 "시원한 이불은 잠이 잘 오게 하죠"라고 말하며 이불을 꺼내러 갔다. 이 남자의 얼굴에는 늘 웃음이 푼푼했다. 보조개는 그 헤픈 웃음을 지그시 눌러 막는 스위치 같았다. 그 스위치마저 해제되면, 웃음은 제멋대로 굴러다닐지도 몰랐다. 저렇게 웃는 남자를 본 적이 없었다. 기연은 생각했다. 내가 한 번도 가져본 적이 없는 웃음이구나. 저렇게 웃을 줄 아는 남자도 있었구나. 졸음이 몰려왔다. 불면증의 후유증은 한낮에, 엉뚱한 순간에 졸음이 몰려온다는 거였다. 가게 중앙에 잔뜩 쌓인 이불 위에 눕고 싶었다. 눈을 뜨면 그가 서 있는 모습이 보이겠지. 그는 베개와 홑이불을 챙기고 있었다. 잔꽃을 수놓은 베개와 누빔 처리된 인견이불이다. 덤치고는 고급스럽다. 그는 이불과 베개를 비닐가방에 넣어주었다. 기연은 다른 데서 장을 보고 나중에 가져가겠다고 했다. 돌아서며 그에게 잘 아는 그릇 가게가 있느냐고 물었다.

치수는 복잡한 길을 거침없이 걸어갔다.

기연은 그의 뒤를 아무 말 없이 뒤쫓았다. 그는 키가 큰 편이었는데 어깨는 구부정했다. 시장은 사람으로 붐볐다. 인파들 가운데서 그를 놓치면 그는 어느새 기연을 기다리고 서 있었다. 처음에는 그릇 가게 약도를 그려주었는데 기연이 모르겠다는 내색을 하자 데려다주겠다고 했다. 옆 가게 사장에게 이불 가게를 잠시 맡겨놓고서였다. 기연은 그의 호의가 나쁘지 않았다. 그는 그릇을 흥정하는 내내 그녀의 곁을 떠나지 않았다. 그릇을 다 주문해놓고 나오는 길, 때는 이미 점심이었다. 기연은 숨을 훕 들이마시고 힘주어 말했다.

"점심은 어떻게 하세요?"

그녀의 말에 그는 콩국수 잘하는 곳을 안다고 했다. 기연은 그의 올라간 입꼬리를 슬쩍 쳐다보고는 고개를 끄덕였다. 심장이 쿵쿵 뛰었다. 시장통 노점에 의자를 깔아놓고 콩국수를 말아주는 집이었다. 장판 조각을 얹어둔 기다란 합판 의자가 놓여 있었다. 둘은 그 위에 나란히 앉았다. 노란 콩물에 담긴 콩국수는 금방 나왔다. 콩국수를 젓가락에 말아 입에 넣으며 그가 음식을 먹는 소리에 귀를 기울였다. 주변이 아무리 시끄러워도 그 소리는 생생했다.

"딸 보내려면, 좀 허전하시겠네요."

기연은 그의 별스럽지도 않은 말에 울컥 눈물이 솟으려고 해 눈을 크게 뜨고, 입을 앙다물었다. 숨을 크게 들이마셨지만 이미 눈가는 촉촉해져 있었다. 그런 그녀를 치수가 쳐다보았다. 다 안다는 듯이 그가 조용히 미소 짓자, 참았던 눈물이 흐득 하고 떨어졌다. 그가 플라스틱 케이스에 든 티슈를 몇 장 꺼내주었다. 그녀는 눈을 티슈로 꾹꾹 눌렀다.

"자식 보내는 일이 어디 쉽겠어요."

치수가 한마디 덧붙였다. 기연은 아무 말도 못 하고 다시 티슈로 눈을 눌렀다. 그녀가 울음을 가라앉히는 동안 그는 아무런 말도 하지 않고 가만히 기다렸다. 그의 눈이 그녀를 향하고 있었다. 기연은 간신히 울음을 멈추고 다시 면발을 입에 넣으려 했지만 잘 넘어가지 않았다. 그는 콩국수를 금세 비웠고 그녀는 거의 다 남겼다. 콩국수 집에서 일어난 두 사람은 시원한 감주를 사서 노점 의자에 나란히 앉았다. 그제야 마음이 좀 가라앉았다. 감주를 마시며 이런저런 이야기를 주고받다가 기연은 어느 순간 깜빡 졸음에 빠졌다. 그가 그녀의 어깨를 흔들었다. 그녀는 화들짝 놀라며 깨어났다.

"피곤한가 봐요."

기연은 가만히 고개를 끄덕였다. 그녀는 아쉬웠다. 좀 더 졸 수 있었는데. 잠깐이라도 눈을 붙이는 게 간절했다.

"졸려요?"

밤에 도통 잠을 못 잔다는 기연의 말에 그는 걱정스럽게 그녀를 보았다.

"잘 자야죠. 나이 들면 잘 자고 잘 먹는 게 최곤데."

그가 시원스럽게 말했다. 둘은 의자에서 일어나 시장을 걸었다. 북적거리는 시장통도, 수없이 지나다니는 사람들도 기연의 배경으로 흘러가고, 자기 자신이 주인공이 된 기분이었다. 이런 기분을 느껴본 적이 있었던가. 기연은 딸이 집을 떠난 후, 자기 인생의 변두리 즈음에 자리한 듯 늘 멍했다. 집안일을 하는 것도, 남편의 수발을 드는 것도 그 어느 것 하나 자신의 자리로 여겨지지 않았다.

"자주 놀러오세요. 또 사드릴게요."

치수는 별 대수롭지 않게 말을 던졌다. 기연은 흘 깃 남색 칼라가 달린 그의 흰 셔츠를 보았다. 이런 남자인지도 몰랐다. 아무 여자에게나 밥을 사주고, 호의를 베푸는 남자. 그의 가게에서 미리 싸둔 이불을 들고 나오며 바래다주겠다는 그의 말에 괜찮다며 택시를 타고 가겠다고 했다. 아쉬웠지만 왠지 그러고 싶었다. 졸리기도 했고 자기를 너무 쉽게 생각하나 조심스러웠다.

단독주택인 기연의 집은 한낮의 여름 해에 바짝 달구어져 있었다. 기연이 이불을 가지고 집 안으로 들어섰을 때 거실은 찜통이었다. 그녀는 에어컨 리모컨을 찾아 두리번거리다가 리모컨이 보이지 않자, 모든 게 귀찮아 그대로 소파에 드러누웠다.

푹푹 찌는 공기 가운데 그 그림은 그 자리에 그대로 있었다. 주홍빛의 그림은 쏟아지는 빛에 바랜 듯 희끗해 보였다. 가느다란 붓으로 짧게 짧게 터치하듯 그려진 풀들이, 문득 음모처럼 보였다. 남편과는 하지 않은 지 오래되었다. 혹 때문에 자궁을 들어내고 난 후부터 남편은 기연에 대한 흥미를 잃었다. 남편이 당뇨 진단을 받고 나서 예전 같지 않은 것도 한 이유였다. 그녀는 자궁적출수술 후 마른 숲처럼 건조감이 느껴지고 하반신에 늘 힘이 없었다. 만성적으로 앓던 불면증이 유독 심해진 것도 그즈음부터였다. 남편은 기연을 거실에 놓인 성가신 화분 정도로 여겼다. 잘 좀 관리하라며 귀찮게 뱉는 말이 다였다. 남편의 관심은 오직 자신의 건강이었다. 남편은 당뇨를 철저하게 관리했다. 남편은 출근할 때 다섯 개의 도시락을 들고 갔다. 잡곡밥과 저염식 반찬, 야채, 견과류 간식으로 구성된 아주 적은 양의 도시락을 시간에 맞추어 여러 번 먹었다. 그녀의 가장 중요한 일과는 남편의 식사를 적절하게 준비하는 일이었다. 조금이라도 소홀하면 가차 없었다. 가장 두려운 건 남편이 일을 그만두는 거였다. 남편과 함께 긴 시간을 보내는 일이었다. 그 생각을 하면 초조해졌다. 기연은 남편 앞에서 긴장을 풀 수가 없었다. 언제 비난이 쏟아질지 모르기 때문이었다.

기연은 더위에 지쳐 늘어져 있다가 소파에서 내려와 비닐가방의 지퍼를 열었다. 이불을 꺼내 거실 바닥에 깔았다. 이불을 접던 그의 손이 떠올랐다. 까슬한 촉감이 시원스럽게 느껴졌다. 바닥은 그나마 서늘했다. 공기는 더할 수 없이 뜨거웠다. 원피스를 입은 채 드러누운 그녀의 이마로 땀이 흘러내렸다. 그림이 눈에 들어왔다. 따뜻한 주홍빛. 그림 가득 물이 흐르고 있는 듯했다. 부드러운 곡선을 그리며 펼쳐진 풀들의 번짐. 풀이 물 위로 번져나가는 듯 보였다. 왜 이렇게 나날이 바싹 말라가는 것인가, 시간은. 그녀는 의아했다. 왜 어느 것 하나 젖은 것이 없는가. 번져 오는 것이 없는가. 이다지도 적막한가. 그녀는 가만히 숨을 내쉬고는 원피스를 훌쩍 벗어 던졌다. 땀에 젖어 축축해진 브래지어와 팬티도 벗어버렸다. 적당히 살이 붙은, 새하얀 몸이 드러났다. 아이를 낳아 커진 가슴도, 출산 후 생겨난 뱃살도 과하지 않아 딱 보기 좋은 그런 몸이었다. 묘하게도 세월의 흔적이 곧장 드러나는 얼굴에 비해 몸은 쉬 늙지 않았다. 늙음보다는 젊음의 흔적이 약간 더 넓은 영역으로 몸을 덮고 있었다. 부드러운 허벅지와 탄력 있는 가슴이 그랬다. 홑이불로 알몸을 감았다. 화장이 흰 이불에 묻어났다. 새 이불이 땀을 빨아들여 몸은 이내 뽀송해졌다. 몸에서 땀이 마르자 쾌적한 서늘함이 남아 졸음을 불렀다. 흰 고치로 감싸듯이 그렇게 그녀는 이불로 온몸을 둘둘 감고 그림을 바라보다 잠이 들었다. 모처럼의 긴 낮잠이었다. 낯선 이의 미소가 흰 도화지같이 적막한 꿈속을 흘러 다녔다. 그 웃음을 잡고 싶어 자다가 가끔 신음을 흘렸다.

딸아이는 행복해 보였다. 카톡 프로필 사진에 딸아이와 사위의 웨딩사진이 걸려 있었다. 기연은 어쩌면 딸아이를 질투하고 있는지도 모른다는 생각이 들었다. 여름은 길었다. 그릇은 딸아이의 신혼집으로 배달되었다. 이제 혼수품을 사기 위해 시장에 들를 일은 없었다. 주말에 딸아이는 이불과 다른 물건들을 가지러 온다 했다. 딸은 왜 이불을 신혼집으로 바로 보내지 않았냐고 툴툴댔다. 기연은 너희 집으로 가는 것도 있지만 다른 게 더 많다고 대충 얼버무렸다. 그래도 혼수 가져가라는 핑계 덕에 딸이 주말에 집에 온다니 좋았다. 하지만 이틀이나 더 기다려야 했다. 결혼까지는 이제 한 주가 남았다.

선풍기를 틀어놓고 티브이를 보다가 문득 담배를 배워놓았더라면 좀 덜 심심했을까 생각했다. 그러면 이런 순간 담배라도 태울 텐데.

딸아이의 카톡 프로필 사진을 보는데 갑자기 카톡 알림이 떠서 놀랐다. 박치수였다.

　댁에 계세요? 기연은 천천히 답장을 썼다. 네, 라고 쓰는 데도 한참이 걸렸다. 글자를 찍어 누르는 손가락이 느리기도 했지만 망설이느라 그랬다. 좀 길게 썼다가, 다시 지워버리고, 다시 쓰고 나서도 보내기를 뒤늦게야 눌렀다. 집 근처에 배달 왔는데…… 기연은 어쩌자는 것인지 잘 모르겠다고 생각하며 홧홧하게 열이 오른 목 언저리를 만졌다. 치수의 프로필에는 등산 가서 찍은 사진이 담겨 있었다. 다시 카톡이 왔다. 나오실래요?

　망설이다가, 몇 분이 흐른 다음에야 답장을 보내고서 그녀는 급히 서둘렀다. 옷을 입고 화장을 했다. 입술을 몇 번 고쳐 발랐다. 곧 그가 집 앞에 트럭을 끌고 왔다. 둘은 근처 공원으로 갔다. 트럭을 대놓고 공원을 나란히 걸었다. 공원의 연못에 분수가 올라오고 커다란 잉어들이 사람들이 던지는 과자를 먹으러 몰려들었다. 그는 영어가 프린트된 회색 반팔 티셔츠를 입고 있어 젊어 보였다. 나이에 비해 숱이 많은 곱슬머리가 보기 좋았다. 배달을 하고 와서 그런지 땀내가 풍졌다. 바닥에 비둘기들이 돌아다녔다.

"결혼 준비는 잘되고 있어요?"

"뭐, 이제 다 했죠."

그는 기분이 좀 나아졌는지 물었다. 기연은 자신의 기분이 어떤가 생각했다. 좋아졌다고 하자 그가 웃음을 보였다. 보조개가 접혔다. 웃을 때마다 깊어지는 보조개에 자꾸 눈이 갔다. 그가 매점에 들어가 하드를 사 들고 나왔다. 하드를 하나씩 물고 둘은 걸었다. 치수는 그녀에게 청첩장을 달라고 했다.

"많이 팔아주셨는데, 갈 수 있으면 가야죠."

그녀는 괜찮다고 했지만 그는 다들 그렇게 한다며 꼭 청첩장을 달라 했다. 결혼식장에 있는 그가 잘 상상이 가지 않았다. 그녀는 마지못해 고개를 끄덕였다.

땀이 났다. 치수가 연못 둘레에 놓인 벤치에 앉자고 해서 기연은 그를 따라 옆에 앉았다. 소란스러운 소리에 왼쪽을 바라보니 조금 떨어진 곳에 정자가 하나 있었다. 느티나무가 우거져 그늘진 그곳에 노인들이 잔뜩 몰려 앉아 있었다. 고스톱을 치는 이들도 있고 술을 마시고 춤을 추는 이들도 보였다. 시끄럽고 냄새가 났다. 검붉어진 채로 깔깔대며 웃는 일그러진 얼

굴들이 추했다. 늙은이들은 악취를 풍겼다. 웃고 있어
도 우는 것 같았다. 기연은 눈을 돌렸다. 자신 역시 그
렇게 늙어가고 있었다. 젊은이들의 눈에 우리 두 사람
은 늙수그레한 남자와 여자일 뿐이었다. 그런데 이 마
음은 왜 이런 것인가 싶었다. 이제 와서, 왜 젊고 고왔
던 시절에도 없던 마음이 이 허전한 몸뚱어리에 찾아
와 이토록 자신을 뜨겁게 하는 건지 알 수 없었다. 열
이 올랐고, 땀이 연신 흘렀다.

"우리는 늙었죠? 남들 보기에 저렇겠죠?"

기연이 말하자 치수는 그녀의 시선을 따라 공원을
채운 노인들을 보았다.

"아직은 괜찮아요."

기연은 치수를 바라보았다. 검은 눈동자가 기연을
보고 있었다. 이렇게 가까이 마주 보는 건 처음인 것
같았다. 그녀는 깊이 숨을 들이마셨다. 치수는 또 실
없이 웃었다. 그가 웃을 때마다 기연은 두려웠다. 무
엇 때문에 이렇게 조마조마하고 겁이 나는지 이유는
잘 알 수가 없었다.

"왜 자꾸 웃어요?"

"그냥, 좋아서요."

그녀는 할 말이 없어서 그의 시선을 피하며 고개를 숙였다. 흔들리는 느티나무 가지 사이로 흘러드는 빛이 따가웠다. 모기가 있는지 다리가 간질간질했다. 기연은 치수가 참 능숙하구나 싶었다. 이불 따위를 팔기에는 아까운 사람이었다. 그런데 분명, 그는 여자들을 상대하는 장사꾼이었다. 장사꾼의 웃음이고 말이라 해도 그녀는 좋았다. 지금이 좋았다. 그리고 그가 웃지 않을 때도 좋았다. 그는 먹먹하고 먼 시선으로 앞을 보았다. 연못 위로 분수가 솟아올랐다. 나무에 둘러싸인 둥근 연못이 한눈에 들어왔다. 물이 수면으로 떨어질 때마다 파문이 일며 잔잔한 물결이 퍼져갔다. 그의 시선을 따라 그녀도 공중으로 튀어 오르는 물방울들을 한참 봤다. 물은 거침없이 솟구치고, 망설임 없이 아래로 몸을 던졌다. 그녀는 그런 물의 움직임에 속이 시원해지는 걸 느꼈다. 나도 저처럼 날아올랐다가 떨어져 내렸으면, 한없이 가라앉으며 사방으로 퍼져갔으면, 몸속으로 커다란 물고기가 헤엄쳐 왔으면, 그런 힘이 내 것이었으면 싶었다. 거침없이. 와락, 달려드는 시간이 좋았다.

둘은 계속 말이 없었다. 움직임도 없었다. 그렇게 한

참 물을 바라보고 있자니 긴장이 풀어지며 졸음이 몰려왔다. 기연은 주홍빛으로 채워진 그림을 생각했다. 그 그림이 덩그러니 걸려 있을 텅 빈 거실을, 숨 막히는 거실을 생각했다. 집을 생각했다. 그러자 노인들의 괴성과 웃음소리, 뽕짝 메들리가 흐르는 이 사방이 트인 공간이 한없이 무한하게 열려 있는 듯 가슴이 시원해졌다. 멈춰 있던 그림 속으로 잔잔한 물결이 밀려드는 듯했다.

"연락해도, 괜찮죠?"

기연은 그 말이 간지러웠다. 그런데, 나쁘지 않았다. 치수는 그녀의 자그마한 손을 끌어다 잡았다. 그의 손은 크고 투박했다. 손을 빼야 한다고 생각하면서도 그녀는 가만히 있었다. 맞잡은 손이 금세 뜨거워졌다. 외부의 열기가 아닌 내부의 열기 때문이었다. 손바닥 사이에 촛불이 타고 있는 듯했다. 기연은 생각했다. 마주 잡은 왼쪽 손에 집중했다. 굳은살 밴 그의 손바닥 감촉에 집중했다. 이 세상에, 이 공원에 그 손만이 존재하는 것 같아, 자신을 바라보는 그의 얼굴은 환영만 같아, 멍하게 그의 얼굴을 쳐다만 봤다. 그녀는 그에게 묻고 싶었다. 어떻게 이런 일이 있을 수가 있느냐고. 당신은 누구냐고. 그는 침묵에 잠겼던 얼굴을 지우며 또다시 소년처럼 웃었다.

재연은 예뻤다. 푸른색 원피스를 입은 재연은 결혼을 앞두고 생기가 넘쳤다. 석류꽃처럼 단단하게 반짝였다. 결혼을 앞둔 여자들은 특별한 매력을 발산했다. 결혼 이후에 그것이 급격히 사그라지는 것 또한 어쩔 수 없었다. 사위는 말이 별로 없었다. 볕이 뜨거워져서인지 그렇지 않아도 검던 얼굴이 더 시커메졌다. 무뚝뚝한 그 얼굴이 더 보기 싫었다. 장모에게 살가운 말 한마디 건네지 않는 사위라니, 미울 수밖에 없었다. 같은 구청의 구 급 공무원이었고 오랜 고시생 생활 끝에 뒤늦게 공무원이 되어 재연보다 고작 일 년 더 일한 게 다라고 했다. 둘은 대출을 받아, 빌라 전세로 신혼집을 차릴 예정이었다.

재연은 작은 방에 놓아둔 이불 보따리들을 보고 짜증스럽게 말했다.

"엄마, 이불 이렇게 많이 필요 없다고 했지? 이걸 다 어디다 넣으라고?"

"걱정 마. 이거 다 너 줄 거 아냐. 이거만 가져가고 나머지는 뭐. 친척들 나눠 줄 거니까."

재연은 하는 수 없다는 듯 고개를 절레절레 흔들며 요즘 무슨 일이 있느냐고, 왜 전화도 잘 안 하냐고, 삐졌느냐고 물었고 기연은 재연의 눈을 피하며 아니라고 했다. 슬쩍 벽거울에 비친 자신의 얼굴을 보았다. 감추어야 할 비밀이 있다는 게 좋았다.

기연과 그녀의 남편, 딸과 사위는 거실 탁자에 둘러앉아 전기팬에 소고기를 구워 먹었다. 남편은 소고기는 아주 살짝만 익혀야 한다며, 고기를 뒤집는 기연에게 계속 잔소리를 했다. 저는 익은 고기만 살살 골라 먹기만 하고 고기 한번 뒤집어주지 않으면서 싫은 소리를 해댔다.

"아, 이 사람 좋은 고기 다 망치네."

고기에 여전히 핏기가 흥건한데도 남편은 고기를 집어 사위의 밥그릇에 올렸다. 흰 쌀밥에 핏물이 붉게 스몄다. 사위는 이마를 찌푸린 채, 입으로만 감사합니다, 잡수세요, 기계적으로 말했다. 두 사람의 그 꼴도 보기 싫기는 마찬가지였다. 남편은 당뇨에는 운동만 한 게 없다면서, 사위에게 자신이 요즘 빠져 있는 골프 이야기를 시작하더니 명품 골프채 이야기로 넘어갔다. 결국 골프채를 어떤 걸 쓰느냐에 따라 실력이 판가름 난다고.

"작년에 딸 시집보낸 김 사장이 말이야, 골프채 세트를 받았다지 뭐야. 얼마나 실속 있어. 운동하면서 건강하게 사십시오, 하는 의미도 담고 말이야."

남편이 목소리를 높여 말할수록, 사위는 더 말이 없어졌다. 사위는 형편이 넉넉지 못했고, 어떤 식으로라도 결혼식 비용을 줄이려 애쓰고 있던 터였다. 사위가 자신이 원하는 반응을 보이지 않자, 금세 부루퉁해진 남편은 고기가 익자마자 몇 점 되지도 않는 걸 싹싹 쓸어 자기 입속에 넣었다. 당뇨에는 탄수화물보다 단백질이 좋다며, 밥에는 젓가락도 대지 않았다. 열어둔 창으로 연기가 잘 빠져나가지 않아, 거실은 후끈한 열기와 연기로 이내 가득 차버렸다.

"아빠, 덥다. 에어컨 좀 틀자."

"야야, 고기 냄새 풍기는데 에어컨 틀면, 에어컨 다 망가져."

기연은 에어컨을 틀자고 한마디 하려다 가만히 입을 다물었다. 더 말하면 싸움밖에 되지 않는다는 걸 알고 있기 때문이다. 하지만 너무 더웠고 순간 입을 다물고 있는 자기 자신에게 화가 치밀어 올랐다. 그녀는 집게를 내려놓고 탁자 아래 놓여 있던 에어컨 리모컨을 들어 전원을 켰다.

"아니 뭐 하는 거야?"

"뭐 하긴 뭐 해요? 에어컨 틀지."

"아니, 이 사람이?"

남편이 에어컨을 끄려고 일어나자 재연이 그의 옷자락을 잡아당겼다. 에어컨이 돌아가자 시원한 공기가 거실을 채웠다. 남편은 사위의 눈치를 보며 도로 자리에 앉았다. 그는 기연에게 눈을 부라렸지만 그녀는 집게를 들고 묵묵히 고기를 뒤집었다.

기연은 거실 벽에 걸린 그림을 보았다. 고기 굽는 냄새가 그림에도 배겠지. 문득 걱정이 되었다. 그림을 빼다가 방에 넣어둘 걸 싶었다. 지루한 저녁 시간 따위 빨리 끝내버리고 얼른 혼자 있고 싶었다. 이 모든 게 삼십 년이 다 되도록 지속되었다는 것이 그저 지겨울 뿐이었다. 이제, 유일한 자식인 딸도 결혼하는 마당에 이 대충 묶어둔 매듭 같은 가족이라는 연결 고리가 무슨 의미일까 싶었다. 저도 모르게 한숨을 내쉬었다. 뒤늦게 에어컨을 켜긴 했지만 반팔 티셔츠와 긴 치마 안은 이미 땀으로 축축했다. 표면은 축축한데, 속은 바짝 말라 쩍쩍 갈라지고 있는 것 같았다. 몹쓸 허기가 깊숙이 자신을 갈라놓았다. 그건 단순한 공복감이 아니었다. 지난 인생을 돌이켜볼 때마다 뿌리 깊게 파고드는 텅 빈 결락감이었다. 발그레하게 홍조를 띠며, 제 남편 될 사람을 챙기는 재연을 바라보며 속으로 중얼거렸다. 그래 이년아, 너는 참 좋겠다.

시장통을 한 시간 동안 돌아다녔다. 땀이 흘렀다. 딸의 결혼식 당일, 딸을 보내고 돌아와 유난히 힘든 밤을 보냈다. 잠이 오지 않는 건 둘째치고 두통이 극심했다. 날이 밝아도 마찬가지였다. 잠도 오지 않는데 집에 가만히 있기가 답답해 아침도 점심도 거른 채 무작정 시장으로 나왔다. 치수는 결혼식에 오지 않고 축의금만 통장으로 보냈다. 그가 오지 않아 다행이었다. 가게 주변을 돌고 돌면서도 그에게는 차마 가지 못했다. 두려웠다. 카톡을 보낼까 하다가도, 그리하면 안 될 것 같았다. 벌겋게 충혈된 눈으로 기연은 그의 이불 가게가 있는 건물 복도 의자에 앉아 오가는 이들을 바라보았다. 그러다 까무룩 정신을 놓았다. 잠이 든 게 아니라, 의식을 잠깐 놓았다. 온몸에 힘이 없었다. 눈을 떴을 때, 눈앞에 키가 큰 남자가 서 있었다. 꿈에서 본 적이 있는 사내였다.

치수가 이불이 담긴 비닐가방을 들고 서서 난감하게 기연을 바라봤다. 가방을 내려놓고 맥없이 늘어져 있는 그녀를 일으켜 앉혔다. 식은땀이 흘렀다. 몸에 오한이 들었다.

그는 마침 배달 갈 일이 있어 나가던 길이라며 병원에 데려다주겠다고 했다. 기연은 그의 트럭 옆자리에 탔다. 그곳에 앉으면 길이 훤하게 내려다보여서 좋았다. 그녀는 간신히 기운을 차렸다. 휴대폰 시간을 확인했다. 복도 의자에 앉던 순간으로부터 삼십 분이 넘게 지나 있었다. 그사이의 기억이 하나도 없었다.

그가 먼저 배달할 곳에 들르는 동안 기연은 차 안에서 기다리고 있었다. 그가 올 거라는 사실이 믿기지 않았다. 그래서 한없이 오랫동안 창밖을 보며 그의 모습이 시야에 들어오길 기다렸다. 빨리 왔으면 싶으면서도 한편으로는 이대로 계속 기다리고만 싶었다. 그는 곧 모습을 드러냈다. 그제야 그의 차림새가 제대로 눈에 들어왔다. 그는 체크무늬 반팔 남방을 입었고 못

본 사이 더 그을어 있었다. 목도 팔뚝도 이마도 검었다. 어느 병원으로 데려다주면 되겠냐고 하는 그의 말에 그녀는 대답을 하지 않았다. 침묵 끝에 기연이 말했다.

"잠을 못 잤어요. 눈을 좀 붙이고 싶어요."

그는 트럭을 몰아 시 외곽 쪽으로 달렸다. 무인텔에 차를 대놓고 계단을 올라갔다. 문을 열고 안으로 들어섰다. 밖은 환한 대낮인데 모텔 안은 캄캄했다. 창이 굳게 닫힌 밀폐된 공간이 기연에게 안도감을 주었다. 그가 불을 켰다.

"불면증이…… 정말 심해요. 낮에 졸음이 몰려오면 그때라도 자둬야 하구요. ……눈만 좀 붙일게요."

그는 냉장고에서 생수를 꺼내 기연에게 건넸다. 그러고는 리모컨을 찾아 에어컨을 켰다. 시원한 바람이 나왔다. 치수가 샤워를 하러 들어갔다. 그녀는 막상 그가 욕실로 들어가자, 초조해져서 어찌할 바를 몰랐다. 지금이라도 밖으로 나가야 하는 걸까 싶었다. 그는 씻고 나서 가운을 걸치고 밖으로 나왔다. 그녀는 그가 팬티 바람으로 나오지 않아 다행이라고 생각했다. 그의 벗은 몸을 보고 싶지 않았다.

"땀범벅이네요. 그래가지고 잠이 오겠어요?"

그녀도 욕실로 들어갔다. 그러나 그녀는 잠시 무언가를 잊은 사람처럼 멍하게 서 있었다. 여기가 어디인가 싶었다. 무엇을 하자는 건가. 밖에 그 남자가 있다니, 이상했다. 심장이 뛰었다.

세면대에서 비누칠을 해 세수를 하고 손을 씻었다. 미열이 나던 이마가 시원해졌다. 거울에 비친 자신의 얼굴이 기괴해 보였다. 화장기 하나 없는 창백하고 주름진 얼굴. 한없이 아래로 가라앉아 있으면서도 묘하게 들떠 보이는 얼굴이었다. 괴물 같았다. 땀에 젖은 등이 축축했다. 옷을 벗을까 하다가 그녀는 멈칫했다. 부끄러움이 몰려들었다. 하지만 너무 더웠다. 온몸은 땀으로 축축했다. 시원하게 찬물을 뒤집어쓰고 싶었다. 그녀는 후다닥 옷을 벗고 샤워기를 틀어 비누칠도 하지 않고 찬물을 몸에 뿌렸다. 정신이 번쩍 드는 차가움이 부끄러움을 잠깐이나마 잊게 만들었다. 그러고는 서둘러 옷을 껴입었다. 환한 백색 엘이디 등에 눈이 부셨다. 달아날 곳이 없었다. 구석에 몰린 쥐만 같았다. 그녀는 알았다. 자신이 스스로 그곳으로 걸어 들어 갔다는 것을.

그는 이미 침대에 앉아 있었다. 웃지 않는 그의 얼굴은 조용히 내려앉아 있는 흙덩어리만 같았다. 건드리면 툭, 물방울이 떨어질 듯한 젖은 흙덩이. 그 얼굴이, 두려워하는 그녀를 잡아끌었다. 거울 속에서 마주했던 자신의 슬픈 얼굴만 같아 그녀는 그 익숙함에 가만히 진저리쳤다. 그녀가 우두커니 서 있으니 그가 자신의 옆자리를 손으로 톡톡 두드렸다. 머뭇거리며 다가가 그의 옆에 가서 앉았다. 기연은 어지러웠다. 잠들고 싶었다. 빳빳한 흰 시트가 덮인 침대는 움직일 때마다 바스락거렸다. 그가 불을 껐다. 그는 사라졌다. 오후 두 시에 볼 수 없는, 진짜로 검은 어둠이었다. 그 어둠이 마음에 들었다. 밤 같았다. 그녀를 잠 못 들게 하는 밤이 아니라 그녀를 잠들게 해줄 가짜 밤이 그녀를 덮어주고 있었다. 단돈 몇 만 원에 이런 공간과 시간을 살 수 있다니, 갑자기 이 모텔의 존재가 눈물겹게 고마웠다.

치수는 손을 뻗어 그녀의 머리를 어깨에 기대게 했다. 그 손길은 너무도 부드러웠다. 그녀는 두려웠지만 기대에 찬 자신의 심장을 느꼈다. 그녀는 그의 가슴에 파고들었다. 그녀를 꼭 껴안고 등을 두드려주었다. 긴

장감으로 숨이 막혀서 그녀는 숨을 천천히 들이마셨다. 심장 소리가 들렸다. 완전히 낯선 심장 소리, 낯선 남자, 낯선 공간, 다른 세계가 여기 있었다. 그것이 참 이상했다.

그의 몸은 뜨거웠다. 그 몸에 기대어 눈을 감았다. 그녀가 천천히 손을 뻗어 그의 곱슬머리를 만졌다. 그는 그녀의 몸을 바싹 당겨 안았다. 그의 귓불을 살짝 물었다 놓고 귓가에 난 머리카락에 코를 묻고 냄새를 맡았다. 미역 냄새가 났다. 짠 바다 냄새가 났다. 파도 거품의 냄새였다. 지금 그녀가 안고 있는 건 파도 거품이었다. 부드럽고 나긋한 환영이었다. 입을 맞추었다. 언제나 웃을 준비가 된 그 입에 입을 맞추었다. 입가 보조개 자리에 입술을 눌렀다. 그는 착하게도 가만히 있었다.

하지만 그들의 떨림과는 달리, 몸은 잠잠했다. 두 사람은 곧 움직임을 멈추고 벌렁 드러누워 웃기 시작했다. 그러다가 두 사람은 동시에 웃음을 멈추었다. 사방이 고요해졌다. 그녀는 그림을 떠올렸다. 주홍빛의 바다를 떠올렸다. 이 모든 게 처음처럼 느껴졌다. 이 세상에 그밖에 없는 듯했다. 그 누구도 자신을 찾은 적이 없는 것 같았다. 캄캄한 그림 속으로 주홍빛의 물이 차올랐다. 그들은 서로를 흥분시키는 것이 그들의 불능이라는 생각이 들었다. 불가능한 것을 하고 있었다. 세상에 없는 걸 하고 있었고, 세상에 없는 이를 안고 있었다. 귀신처럼 그들은 허방을 짚듯 서로에게 깊숙이 빨려 들어갔다.

모텔이 이 세상의 성소 같았다. 검은 침대가 확장되었다. 어둠이 장막처럼 두 사람을 둘러쳤다. 신음도 비명도 없는 세계. 어둠도 빛도 없는 세계. 그 끝에서 벗어나고 싶지 않아 둘은 탐할 수 없는 서로를 탐하고, 느낄 수 없는 쾌락을 흉내 냈다. 웃을 수도 울 수도 없는 세계가 거기 있었다. 그림이 없는 세계, 그림이 없는 밤이었다. 밖은 환했지만.

하지만 그 모든 게 잠깐의 일이었다.

둘은 서로에게서 떨어져 누웠고, 잠시 후 영원히 오지 않을 것만 같던 졸음이 그녀를 순식간에 덮쳤다.

잠에서 깨어났을 때 그는 없었다. 휴대폰에 카톡이 와 있었다. 가게에 가봐야 해서 먼저 간다며 미안하다고 했다. 대실 시간이 넘도록 잠들어 있었다. 다행히 그가 시간을 연장해놓고 간 것 같았다. 밖으로 나

오니 해가 저물고 있었다. 이토록 오랜 시간 잠든 건
정말 오랜만이었다. 더위도 한풀 꺾여 어디선가 시원
한 바람이 불어왔다. 하늘 한쪽으로 노을이 지고 있었
다. 커다란 뭉게구름이 주홍빛으로 물들었다. 다른 사
람이 된 것처럼 느껴졌다. 자기 밖으로 걸어 나가듯이
그녀는 택시를 잡기 위해 도로 쪽으로 걸어갔다.

　기연은 소파에 누워 그림을 바라보고 있었다. 보조
등 하나만 켜놓은 거실은 어둑했다. 어두웠지만 주홍
빛은 제 빛을 드러냈다. 안방에서 남편의 코 고는 소
리가 커다랗게 들려왔다. 그녀는 그날의 잠을 생각했
다. 빛 하나 들어오지 않는 잠이었다. 모텔의 어둠처럼
완전히 암전된 잠이었다. 그런 잠을 자본 게 얼마 만
인지 몰랐다. 어째서 그토록 달게 잠들었을까. 그 사
람이 있기 때문이었을까. 단순히 집을 떠났기 때문일
까. 그 사람을 생각하면 어지러웠다. 그날 이후 종종
그에게서 연락이 왔지만 만나자는 그의 말을 이런저
런 핑계를 대며 피하고 있었다. 두려웠다. 자신이 무엇
을 원하는지 알 수 없었다. 하지만 자꾸 생각이 났다.
잠이 오지 않는 밤마다, 마당에 떨어진 석류꽃을 쓸

어낼 때, 장을 볼 때, 딸아이와 통화를 할 때, 새 이불을 덮을 때마다. 낙인을 찍은 듯이 그는 너무도 선명했다. 커다란 키, 아무렇게나 걸쳐 입은 티셔츠, 이불을 펴던 손, 땀 냄새, 그의 체취. 그에게서는 미역 냄새가 났다. 땀 때문인지는 모르겠으나 비릿한 바다 냄새가 그의 귓바퀴와 머리카락에서 풍겼다. 그녀는 그 냄새가 그리웠다. 시각적인 그리움보다 몸에 가까운 그리움이었다. 그 냄새가 떠오르면 그의 체취가 온몸으로 퍼지며 그리움이 밀려들었다. 흠씬 적셔지는 보이지 않는 냄새가 한꺼번에 몰려와 그녀를 통과했다.

거품.

소파에 누워 불면으로 날카로워진 신경을 누르며 이렇게 자신을 사로잡는 생각에 대해 골몰해보니, 그것은 거품과 비슷했다. 몰려드는 물결 위로 피어오르는 거품, 그 거품을 몰아낼 힘이 없었다. 지금 텅 빈 그녀의 삶을 채우는 건 환영에 불과한 그 거품들뿐이었으니까.

그래서 불가능하다는 사실을 알고 있음에도 그 거품을 손으로 움켜쥐고 싶었다. 그림 속 메마른 풀숲으로 붉고 어두운 주홍빛의 거품이 몰려들었다. 눈앞을 덮치는 이 이미지가 꿈인지 생시인지 구분이 가지 않았다. 하지만 너무도 생생했다. 그녀는 갑자기 소파에서 일어나 앉았다. 꽃무늬 홈드레스를 입은 채 그 위에 카디건 하나만 걸치고 지갑을 찾았다. 그러고는 슬리퍼를 꿰신고 밖으로 나섰다.

기연은 생각했다. 누구든 나를 잠들게만 해준다면 뭐든지 주겠어.

모두가 잠든 깊은 밤이었다. 가로등이 켜진 골목은 적막했다. 새벽 두 시가 지나 있었다. 그녀는 빠르게 걷기 시작했다. 집에서 이십 분 거리에 있는 공원을 향해 걸었다. 허름한 동물가게들이 늘어서 있는 인도를 지났다. 가게 밖에 방치된 우리에 갇힌 개가 그녀를 향해 짖었다. 고양이가 파랗게 빛을 내뿜으며 우리 안에서 그녀를 보았다. 그녀는 그 작은 우리의 빗장을 열어 그들을 풀어주고 싶었다. 하지만 외면하며 그 곁을 지나쳤다. 사 차선 도로 위로 차들이 지나갔다. 취객이 플라타너스 나무 아래 웅크리고 있었다. 멀찌감치 거리를 두고 그곳을 지났다. 공원에 이르기 전 큰 도로변에 모텔과 여관이 몇 개 있었다. 크기가 작은 허름한 곳들이었다. 그녀는 지갑에 든 만 원짜리를 세어보고 그나마 나아 보이는 모텔로 들어갔다. 작은 유리창 뒤의 남자가 그녀 뒤쪽을 흘낏 보았다.

"혼자예요?"

그녀는 아무 말 없이, 재바르게 만 원짜리 네 장을 내밀었다.

산발이 된 머리카락, 아무렇게나 끌고 나온 슬리퍼에 홈드레스, 아무래도 이상한 모습이었으나 남자는 아무 말 없이 키를 내주었다. 엘리베이터도 없었다. 그녀는 계단으로 이 층에 갔다. 모텔이라고 이름만 붙여 놓았지 오래된 여관에 가까운 실내였다. 이 층의 첫 번째 방으로 문을 열고 들어갔다. 컴컴한 방에 불도 켜지 않고 그녀는 이불 위에 털썩 쓰러져 누웠다.

깊은 밤이었다. 깊은 어둠이었다. 이 어둠과 적막이 마음에 들었다. 남편의 코 고는 소리가 들리지 않아서 좋았다. 다른 곳이라는 사실에 안도했다. 침대에 누워 천장을 보았다. 어두운 벽들이 사방을 둘러싸고 있는 캄캄한 방. 우리에 갇혀 있던 개들과 고양이들을 생각했다. 꼬질꼬질하게 엉겨 붙은 털들이 풍길 냄새를 떠올렸다. 퀴퀴한 냄새. 죽음에 가까운 냄새들이었다. 순간 이 방 안 가득 그 냄새들이 들이차는 듯했다.

그녀는 깊이, 죽은 듯이 잠들었다.

수영과
담배

주선은 수영장에서 나와 주차장에 대놓은 차 안으로 들어갔다. 에어컨을 켜고 앉았다. 밖은 후끈했다. 이내 차 안이 시원해지며 목덜미의 땀이 식었다. 기연이 오기로 한 시간이 이십여 분 정도 남아 있었다. 데리러 가겠다고 하니 기연은 좀 걷고 싶다고 했다. 날도 더운데…… 그러고 보니 기연은 걷는 걸 참 좋아했다. 무더운 날에도, 지독하게 추운 날에도 걷는 걸 마다하지 않았다. 주선도 걷는 걸 좋아했지만 더위도 추위도 질색이라 여름과 겨울에는 잘 걷지 않았다.

담배를 한 대 피울까도 싶었지만 밖에 나가려니 너무 더웠다. 그렇다고 차 안에 냄새가 배는 건 싫었다. 그녀는 담배를 꺼내려다 말고 조금 참아보기로 했다.

공원에는 모든 것이 있었다. 사람들, 연못, 나무, 벤치, 예술회관, 수영장, 심지어 절도 있었다. 지역에서 가장 넓은 공원이었다. 주선은 자신이 사는 오피스텔과 차로 십여 분 떨어져 있는 이곳을 자주 들렀다. 수영도 하고, 전시도 보고, 이곳에서 산책을 하는 것이 큰 즐거움이었다. 기연이 이 근처에 사는 것도 이곳에 자주 들르는 이유 중 하나였다. 주선은 기연과 함께 봄이면 벚꽃을 보러, 가을이면 단풍을 보러 왔다. 요즘같이 더울 때는 산책은 어려웠고 일주일에 세 번 수영을 했다. 주선의 권유로 기연도 같이 수영 강습을 등록했는데 기연은 한 달 만에 못 하겠다고 했다. 물에 들어가면 심해지는 어지럼증 때문이었다.

한 번에 삼 개월씩 등록하는 수업이라 아직 수강 기간이 남아 있었다. 기연은 수영은 못 하지만 그 대신 샤워를 하러 종종 들렀다. 그런데 근래에 통 보이지 않았다. 딸아이 결혼식 준비 때문이려니 생각했는데 식을 치르고도 연락이 없었다. 주선은 기연이 앓고 있는 극심한 불면증을 잘 알았다. 자신에게도 그 지독한 불면증이 찾아왔었다. 서른일곱에 이혼하고 나서였다. 수영을 시작하고 나서 점점 나아지기 시작했다.

그렇지만 수영을 하는데 어지러울 정도라니, 주선은 좀 이상하다고 생각했다. 기연이 걱정되었다.

오랜만에 기연에게 연락을 했더니 전화를 받지 않았다. 하루 뒤에 그녀에게서 전화가 왔다. 주선이 수영을 하는 날 공원에서 만나기로 했다. 마침 예술회관에 볼 만한 전시도 있었다. 결혼식장에서 보고는 처음이었다. 결혼식장에서 기연은 좀 얼이 빠져 보였다. 무언가에 홀린 듯, 다른 생각에 빠진 사람 같았다. 주선은 한복을 곱게 차려입고 올림머리를 한 기연의 손을 잡고 물었다. "괜찮아?" 기연은 힘없이 미소 지으며 말했다. "조금 어지럽네." 결혼식은 여느 결혼식과 다르지 않았다. 하지만 주선은 기연의 얼굴을 보고 마음이 가라앉았다. 어수선한 결혼식 내내 기연은 묘하게 슬퍼 보였다. 환한 신부와 신랑이 무대의 앞쪽이라면, 기연은 무대의 뒤쪽처럼 어둡고 차가웠다.

주선은, 기연이 함께 수영을 할 수 있었더라면 좋았을 텐데 하고 생각했다. 운동은 모든 걸 가볍게 만들어주니까. 주선은 수영을 사랑했다. 물속으로 들어가는 순간 모든 걸 잊었다. 가볍게 발차기를 하며 앞으로 나아가는 동안은 외롭지 않았다. 나이가 들수록 외로움은 골칫거리였다. 담배와 수영, 이 두 가지가 없었다면 쓰레기 같은 남자라도 붙들고 살았을지도 몰랐다. 그 두 가지 덕분에 그녀는 자신의 고독을 지킬 수 있었다. 결혼 후 아이가 생기지 않았고 모든 수단을 동원했지만 소용이 없었다. 결혼 십삼 년 만에 헤어졌다. 전남편은 재혼 후 아들 둘을 낳아서 키운다. 축하할 일이었다.

미대를 졸업한 그녀는 이혼 후에 친정의 도움으로 미술학원을 열었다. 미술학원은 꽤 잘나갔다. 서울 쪽 미대 입학률이 높아지자 사람들이 몰렸다. 좋은 시절이었다. 강사들도 서넛 고용했다. 마흔둘이 되던 해 한 남자를 만났다. 그녀보다 두 살이 어린 남자였다. 그녀의 학원에서 일하던 강사였다. 둘은 가까워졌고 그녀는 처음으로 재혼을 생각했다. 그가 주선의 집으로 들어왔고 몇 개월을 함께 살았다. 결혼식 날짜를 잡고 청첩장을 지인에게 돌린 후 그는 갑자기 사라졌다. 주선은 그와 앞으로 함께할 날들을 한 번도 의심한 적이 없었다. 그리 크지는 않은 돈이었지만 그에게 빌려주었던 돈도 같이 증발했다.

두 번째 실패였다. 주선은 숨고만 싶었다. 가족들도,

미술을 함께 전공한 친구들도, 기혼 시절 가까이 지낸 지인들도, 모두 다 그녀를 비웃는 듯했다. 그들에게는 재혼에 안달이 난 사람처럼 보였을까. 부끄러웠다. 그런데 자신의 그 부끄러움을 있는 그대로 드러내 보일 수 있는 유일한 사람이 기연이었다.

학원은 이제 운영하지 않았다. 대형 프랜차이즈 학원들이 지역에 들어오자 학생들은 오래된 미술학원을 찾지 않았다. 주선도 정신없는 학원 일을 정리하고 자신의 시간을 가지고 싶었다. 학원을 넘기고 이 년간 놀다가 백화점 문화센터에서 유화를 가르치기 시작했다. 급여는 많지 않아도 수업 시간 외에 자유 시간이 많아 편했다. 학원과 다르게 정말 좋아서 그림을 그리러 오는 수강생들을 가르치는 일도 재미있었다. 애인들은 종종 있었다. 지금도 아예 없진 않았다. 가끔 만나는 남자가 있긴 한데, 느슨했다. 욕망이 예전 같지 않았다.

"때로는…… 내가 너였으면 좋겠어."

기연은 주선에게 이야기하곤 했다. 주선도 가끔 생각했다. 만약 자신에게도 아이가 있었다면 결혼을 유지했을 것이다. 행복했을까? 아니다. 전남편은 눈에 보이는 것을 중요하게 생각하는 사람이었다. 예쁘고 매력적이었던 주선을 손에 넣었지만 정작 결혼하고 나자 그녀를 소중하게 대해주지 않았다. 그에게는 아내가 아니라 아들을 낳아 줄 사람이 필요했다. 그녀가 불임이라는 사실을 알고 그는 슬퍼하기보다 간단히 주선에 대한 미련을 버렸다. 주선은 오히려 잘된 일이라 여겼다, 지금은. 그녀는 지금의 삶에 만족했다. 어려움도 없진 않았지만 비싼 수업료를 치른 셈이라 여겼다. 남자와 돈을 분리시키고, 재혼 따위는 다시는 생각하지 않기. 그런 그녀에게 기연은 남자들이 주지 못하는 믿음과 정서적 안정감을 주는 존재였다. 언제나 거기 있을 누군가. 기연은 주선에게 또 다른 가족이었다.

처음부터 기연과 그런 사이는 아니었다. 주선과 기연은 부부 동반 모임에서나 가끔 만났다. 전남편과 기연의 남편은 같은 직장을 다녔다. 기연은 남편 옆에 그림자처럼 조용하게 있는 사람이었다. 어디에나 있을 것 같고, 어디선가 본 거 같은 존재감 없는 사람. 이혼 후에는 더더욱 볼 일이 없었다. 그런데 주선이 이혼 후 처음으로 개인전을 열었던 날, 뜬금없게도 기연이 갤러리를 찾았다.

"어떻게 알고 왔어요?"

"아…… 모임에서 들었어요."

모임이라면 그 부부 모임을 말하는 것이겠지. 주선은 생각했다. 자신이 전남편에게 초대장을 보냈다는 것도 떠올랐다. 그냥 보란 듯이 그에게 초대장을 보낸 거였다. 절대로 보러 올 사람은 아니었지만 자신이 잘 지내고 있다는 걸 알리고 싶었던 모양이었다. 주선은 저도 모르게 쓴웃음을 지었다. 전남편은 뭐라고 말하면서 사람들에게 전시회 소식을 알렸을까. 이혼한 바로 다음 해였고 아직 전남편도 재혼하기 전이었다. 결혼 전에 첫 전시를 한 이후, 결혼생활을 하는 동안에는 전시를 한 번도 하지 못했다. 남편은 주선이 그림을 그리는 걸 싫어했다.

부부 모임에서는 말 없고 따분한 여자라고 생각했는데, 갤러리에서 만난 기연은 전혀 다른 사람이었다. 가을이었는데 카키색 트렌치코트가 자그마한 몸에 잘 어울렸다. 그때 기연은 갈색으로 염색한 짧은 커트머리 스타일이었다. 속눈썹이 긴 눈에 눈동자는 갈색이었다. 미소 지을 때면 작은 덧니가 드러나며 장난스러운 얼굴이 되었고, 콧등 위의 주근깨가 가을볕에 반짝였다. 갤러리 앞 벤치에서 자판기 커피를 나눠 마시고 앉아 있었을 거다. 기연은 평소와는 달리 말이 많았다. 조곤조곤 그림에 대한 감상을 잘도 풀어냈다. 그녀는 그림에 관심이 많았다. 주선은 그게 의외였고 신기했다. 고등학교 시절 좋아했던 친구가 문득 떠올랐다. 가슴 안쪽이 갑자기 물러버린 홍시처럼 부드러워졌다. 그 친구는 죽었다. 같이 그림을 그리던 친구였다. 같은 대학 같은 과에 입학했던 그녀는 대학교 2학년 되던 해, 림프암으로 일 년 만에 세상을 떠났다. 주선은 그녀의 죽음이 믿기지 않았고 아직도 어디선가 살아 있을 것만 같았다. 둥근 얼굴이, 웃을 때마다 동그랗게 올라가는 두 볼이 그녀를 닮았구나 싶었다.

그날 주선은 처음으로 기연을 그리고 싶다는 생각을 했다. 주선은 주로 인물화 작업을 했다. 갤러리 앞 벤치에 나란히 앉은 기연에게 주선은 불쑥 물었다. "혹시 모델 할 생각 없어요?" 의외로 기연은 그 제안을 재미있어 하며 흔쾌히 오케이 했다. 둘은 그렇게 서로 전화번호를 주고받았고 그녀는 일주일에 한 번 그림을 핑계로 기연의 집을 찾았다.

기연을 그리는 것도, 기연을 보는 것도 좋았다. 기연은 주선이 갈 때마다 밥을 차려주었다. 된장찌개, 계란찜 같은 주로 소박한 것들이었지만 그 정성스러운 음식들은 주선의 허전한 마음을 달래주었다. 정기적인 방문이 이어지던 어느 날 주선은 감기를 호되게 앓았고 약속한 날 가지 못했다. 이대로 혼자 죽을 수도 있겠다 싶은 지독한 열감기였다. 그때 기연이 죽을 끓여서 주선의 집으로 왔다. 침대에 누워 혼곤한 잠에 들어 있던 주선은, 기연이 부엌에서 달그락거리며 죽을 데우는 소리를 들었다. 고소한 죽 냄새가 공기 중에 떠돌았고 그제야 안심이 되었다. 기연은 주선을 일으켜 죽을 떠먹였다. 엄마가 병으로 죽은 후, 누군가에게 처음으로 받아보는 사치스러운 대접이었다. 그 후로 주선은 자신에게 무슨 문제가 있거나, 누군가 필요한 순간이 되면 기연에게 연락했고 기연도 그랬다. 둘은 서로의 앞에서 자신의 가장 약한 부분을 드러내 보였다. 그리고 함께 천천히 무언가를 먹었다.

예술회관의 전시는 무료였다. 주선은 전시실 입구에 서서 기연을 기다렸다. 기연은 웃으면서 유리문을 밀고 들어왔다. 땀을 많이 흘렸는지 앞머리가 이마에 조금 달라붙었다. 레이스가 달린 푸른색 블라우스에 발목이 보이는 검은색 슬랙스를 입은 기연은 어딘지 모르게 활기가 있어 보였다. 의외였다. 딸 결혼식을 치르고 한없이 가라앉아 있지 않을까 염려했는데, 아니었다. 그 어느 때보다 가벼워 보였고 얼굴에 홍조까지 띠고 있었다. 늘 어딘가 움츠러들어 보였는데 힘껏 걸어 들어오는 모습이 평소의 그녀답지 않았다.

주선은 기연의 팔짱을 끼며 좋아 보인다고, 딸 시집 보내서 시원하냐고 물었더니 기연은 고개를 끄덕이며 웃음을 터뜨렸다. "그래, 시원해, 시원해 죽겠어." 주선은 궁금한 점이 많았지만 나중에 묻기로 하고 우선 전시실로 들어가 그림을 보았다. 잘 모르는 지역 젊은 작가의 유화 작품들이었다. 주선은 이런 작가도 있었구나, 속으로 놀라며 그림을 둘러보았다. 별 기대 하지 않았는데 그림이 좋았다. 어두운 실내의 풍경과 그곳에 비치는 빛을 주로 다루고 있었다. 회색과 검정을 쓴 어두운 그림들이었지만 그 가운데를 가로지르는 노란색 빛 때문인지 그림은 고요하고도 따스하게 느껴졌다. 기연도 그림이 마음에 드는지 전시실 중앙 벽에 걸린 대형 그림 앞에 한참을 서 있었다. 어두운 회색의 실내에 식탁과 창이 보이는 작품이었다. 창으로 들어오는 햇빛이 바닥에 비스듬히 떨어졌다. 누군가 방금 식탁에 앉았다가 떠나갔는지 머그잔이 하나 놓여 있었다. 옆으로 다가와 서는 주선에게 기연이 말했다.

"이렇게 큰 그림은 비싸겠지?"

"왜 걸어놓게?"

기연은 슬쩍 웃었다. 동그란 얼굴로 웃음이 번졌다. 속 쌍까풀이 있는 두 눈이 반달 모양으로 휘었다. 둥근 뺨이 올라가며 입이 벌어졌다. 언제 봐도 기분 좋은 미소였다. 그녀의 웃음을 오랜만에 본다고 생각하며 주선은 다시금 궁금해졌다. 무슨 일이지? 분명히 뭔가 있었다. 주선은 고개를 갸웃하며 앞서가는 기연을 따라갔다.

주선은 기연과 함께 종종 전시회를 보러 다녔다. 주로 지인들의 전시였다. 기연은 그림을 좋아했다. 작품 활동을 하고 있고 서너 번의 전시를 가졌던 주선보다 더 순수하게 그림을 느끼는 모습이 주선에게는 인상적이었다. 기연은 그림을 판단하지 않았다. 있는 그대로 받아들였다. 전시회를 다니다가 기연이 그림을 갖고 싶다고 했을 때 주선은 농담인 줄 알았다. 하지만 기연은 세 점이나 그림을 샀다. 유명한 화가의 그림은 아니었지만 그녀로서는 큰 지출이었다. 마지막에 연결해준 그림은 권의 그림이었다. 권과는 이 년 정도 만났다. 괜찮은 남자였다. 자연스럽게 멀어져서 헤어지고 말고도 없었다. 그런데 주선에게는 조금 후유증이 남았다. 그가 오래 그리웠으나 연락할 핑계도, 매달릴 용기도 없었다.

권은 물가의 풀들을 연작으로 그렸다. 한국화 전공답게 비어 있는 화면을 색과 선으로 적절히 활용했다. 그의 그림을 참 좋아했고 기연이 그 그림을 샀을 때 기뻤다. 주선도 좋아하던 그림이었다. 그 그림을 보고 있으면 그와 함께 떠났던 가을 여행이 떠올랐다.

전시를 다 보고 나서 주선은 기연을 데리고 오피스텔로 갔다. 두 시였고, 둘 다 점심 전이었다. 배가 고팠다. 라면을 끓여 먹고 테이블에 마주 앉아 커피를 마셨다.

"오늘 그림 좋더라."

기연의 말에 주선이 대답했다.

"그래 나도 좋았어. 빌헬름 하메르스회가 생각나던데. 인물만 없다뿐이지. 그런데 이 작가는 왜 인물을 안 그리는 걸까?"

"그러게…… 그렇다고 심심해 보이진 않았어. 캄캄하고 닫힌 방에, 빛이 들어오니 답답하지 않더라. 빛의 움직임이 재밌어 보이기도 했어."

"빛이, 재미있다?"

"움직임이, 변화가 느껴지니까."

기연은 빈 커피 잔을 뚫어지게 바라보며 생각에 잠겼다. 오피스텔로 오후의 빛이 환하게 들어오고 있었다. 삼 인용 소파와 티브이가 놓인 거실은 단정했다. 살림살이가 별로 없는 집이었다. 방이 두 개였는데 하나는 침실이고 하나는 작업실이었다. 그림 그리는 사람 집에 그림이 한 점도 걸려 있지 않아 웃기다고 기연이 말한 적이 있었다. 주선은 그림을 걸어놓고 싶지 않았다. 자신의 그림이든 타인의 그림이든. 자신이 작업한 그림은 작업실에 차곡차곡 쌓여갔다.

빛을 등지고 앉은 기연을 바라보며 주선은 지금 그녀의 모습을 그리고 싶다는 생각이 들었다. 둥글어서 나이에 비해 앳돼 보이는 얼굴, 한편으로 멍하고 헛헛

해 보이는 표정. 거기에 그동안 잘 보이지 않던 낯선 얼굴이 하나 더 있었다. 기대로 반짝이는 눈과 혼자 조용히 지어 보이는 미소.

"너, 뭐야, 무슨 일이야?"

생각에서 깨어난 기연이 주선을 보았다. 주선이 기연에게 물었다.

"불면증은 좀 나아졌어?"

"응, 요즘은 그래도 좀 자."

"그래? 다행이다."

기연은 망설이다가 주선에게 이야기했다. 모텔에 혼자 가서 몰래 자고 온다고.

"혼자서?"

주선은 의심 반 걱정 반으로 되물었다. 기연은 모텔 같은 데를 드나들 위인이 못 되었다. 기연은 조용한 성격이었다. 괴팍하고 냉담한 남편과 살면서도 이혼 이야기 한 번 하지 않았다.

"솔직히 말해봐. 너 남자 생겼지?"

"남자가 생겼다고 해야 하나. 잘 모르겠어."

"무슨 소리야?"

"처음이야."

"오, 다 이야기해봐."

기연은 주선에게 치수를 만난 이야기를 했다. 지금은 피하고 있다는 것도.

"모르겠어. 다 끝났어. 이게 말이 되니? 이제 안 만날 거야."

"왜? 뭐가? 이제 시작인데, 시작도 안 해보고?"

주선은 기연에게 일어난 최초의 연애 사건이 놀라웠다. 그 낯선 생기가 무엇인지 알 만했다.

"무서워. 그리고 옳지 않아."

"뭐가 무서워? 옳지 않다니, 뭐가? 죽고 나서 옳고 그르고를 따질래? 죽으면 뭐가 남는데? 나이 예순에. 니 남편 같은 남자랑 살면 나는 바람이 나도 수십 번은 났겠다."

"너랑 나랑은 다르지."

"뭐가 달라?"

기연은 말이 없었다. 그러더니 혼잣말하듯 중얼거렸다.

"나도 너처럼 대학까지 다녔으면 좀 달랐을까?"

"뭐가?"

"인생이."

"너는 니 남편에게 만족해?"

"만족?"

그렇게 반문하더니 기연은 큭큭 웃었다.

"글쎄. 나는 늘 조금만 무리하면 숨이 차고 머리가 아팠어. 빈혈은, 날 멀리 가지 못하게 붙들어봐. 이런 내가 어떤 다른 선택을 할 수 있을지. 남들 눈에는 어떻게 보일지 모르지만, 딸 하나를 낳고 키우고 집안일 하는 것만으로도, 나로서는 죽을힘을 다하는 거였어."

주선은 기연의 말에 가만히 한숨을 내쉬었다. 주선은 기연의 말뜻을 알아들었다. 다른 선택이란 없다는 것이다. 그렇다고 해도 주선은 기연이 안쓰러웠다. 제대로 사랑받아 본 적 없는, 그늘에 숨어 있는 꽃이 기연 같았다. 사랑받아 보기도 전에 시들어버린 꽃이었다. 그 꽃을 이제라도 발견한 사람이 있다니 찾아가 절이라도 해주고 싶었다. 그가 누구든 상관없었다. 사랑의 대상이 있다는 게 중요했다. 그 사랑이 별거인지 아닌지는 차후의 문제였다. 친구니까, 그저 기연에게 어떤 작은 기쁨이라도 생겨났다는 게 다행일 뿐이었다. 기연에게는 너무 아무 일이 없었다.

기연의 남편은 아내에게 무관심했고 폭언을 일삼았

다. 화를 터트리며 물건을 던졌다. 그런 사람과 살면 불안과 신경증은 일상이 되었다. 주선은 그것을 견디는 기연이 강한 사람인지 나약한 사람인지 헷갈렸다. 주선은 알았다. 기연은 남편의 곁에 있고 싶은 게 아니라, 가정이라는 것을 지키고 싶어 했다. 한 아이가 성장한 울타리, 그 아이의 배경 같은 것을.

기연은 최선을 다한 것일 거다. 재연을 위한, 결국은 그녀 자신을 위한. 주선은 그것을 지켜나가려는 기연의 고집이 문득 대견하다고 느낄 때도 있었다. 하지만 가끔, 그것이 지독하게 미련스럽고 자기 자신을 해치는 일이라는 생각이 들면 그녀가 바보 같고 어리석게 여겨졌다. 견뎌야만 하는 자의 지독한 무력감. 지켜보는 자신까지도 신물이 나고 갑갑증이 일었다.

아니다. 아니었다. 기연은 지독하게 무력한 사람이 아니라, 지독하게 강한 사람이었다. 다만 개의치 않았던 것이 아닐까. 남편과는 무관한 삶을 대문 안쪽에 두고 그녀는 혼자 꽃을 피우고 열매를 맺고 잎을 떨어뜨렸다. 이혼이 정답이라 할 수 있을까? 이혼의 밖에 무엇이 있을지는 알 수 없는 일이었다. 기연은 이미 알고 있는지도 몰랐다. 이 사회에서 결혼을 유지하고 사

68

는 일이 자신에게 유리하다는 걸. 다른 삶이란, 더 나은 삶이란 애초에 없다는 걸.

지독한 건 그녀의 남편이 아니라, 결혼이라는 형식일지도 몰랐다. 우연에 불과한 과정을 통해 맺어진 그것은 영원한 형식이 되어 인간의 인생을 하나의 틀 속에 두었다. 거기서 인간은 살고 늙고 죽었다. 다른 이혼녀들보다는 유리한 조건 속에서, 그것을 가뿐하게 뛰어넘은 것처럼 보이는 주선에게조차 때로는 지독한 고독감과 열패감을 안겨주는 것이 결혼의 실패였다.

"이 나이에, 내가 뭘 어떻게 할 수 있겠어. 그냥 좀 무섭고 당황스럽기도 한데, 조금 기대가 되기도 하고. 잘 모르겠어. 아까 본 그림같이 캄캄하던 방에 갑자기 빛이 들어온 느낌이야. 창문이 열리면서."

주선은 담배를 피워 물었다. 연기가 오후의 빛을 받아 고요히 피어올랐다. 기연이 말했다. "한 대만 줄래." 기연도 담배를 피워 물었고, 이내 기침을 했다. 기침이 잦아들자 천천히 한 모금을 빨아 삼켰다. 연기가 두 사람 주위로 흩어졌다.

"그냥, 그건 끝난 일이고…… 모텔 방에서 혼자 자는 게 좋아."

잠이 잘 온다고, 그거면 됐다고 기연은 중얼거렸다.

"남편이 이상하게 생각 안 해?"

"아직은 몰라…… 아무래도 이상하겠지?"

기연은 걱정스러운 표정을 지었다. 자신의 연애가 들키는 것보다 모텔에서 혼자 자는 것을 들킬까 봐 걱정이 되는 모양이었다. 좀 우스워서 주선은 피식 웃고 말았다. 기연은 한두 모금 빨다 말고 담배를 재떨이에 눌러 껐다.

"좀 어지럽네."

둘은 그대로 말없이 앉아 있었다. 예순을 앞둔 여자의 사랑. 기연의 말대로 말이 안 되는데, 말이 안 되는 게 원래 인생이 아닌가 싶었다. 감정은 인생에 큰 영향을 미치지 못했다. 그런데 내내 인생을 지배하는 것이 감정이었다. 사랑이라면 헛것 중에서도 헛것인데, 그것에 매달리는 걸 이해 못 하면서도 주선 역시 거기에 끌려다니며 살았다.

"너는, 만나는 사람 없어?"

기연이 물었다. 주선은 허탈하게 웃었다.

"없어. 사람이랄 게 없어."

기연과 만난 지 일주일쯤 지난 어느 날이었다. 잠들어 있는데 갑자기 벨이 울렸다. 새벽 다섯 시였다. 주선은 머리맡에 놓아둔 휴대폰을 잡으며 나직이 욕설을 내뱉었다. "젠장, 이 시간에 누구야." 휴대폰에 뜬 이름을 보고서야 서둘러 통화 버튼을 눌렀다.

"미안해, 주선아. 나 좀 데리러 와줄래?"

주선은 힘이 쭉 빠진 기연의 목소리를 듣고 잠이 완전히 달아나버렸다. 목소리는 낮게 떨리고 있었다. 간신히 쥐어짜낸 목소리였다. 배 속 아래에서 올라오는 낮은 숨소리 같았다. 몇 주 만의 연락이었다. 주선은 트레이닝복 차림으로 차키만 집어서 밖으로 나섰다.

날이 희뿌옇게 밝아왔다. 기연은 큰길가 횡단보도 앞에 서 있었다. 아무것도 걸치지 않은 민소매 홈드레스 차림이었다. 팔월 중순이 지나 새벽이면 제법 서늘했다. 기연은 어깨를 잔뜩 움츠린 채 두 팔을 부여안고 앞을 멍하니 내다보고 있었다. 주선이 경적을 울리자 그때서야 눈길을 돌렸다. 기연은 힘없이 걸어와 조수석에 앉았다. 주선은 재빠르게 기연의 얼굴을 훑었다. 외상은 없어 보였다. 아무런 말도 하지 않고 히터부터 틀었다. 차 안이 조금 훈훈해지자 주선은 바로 히터를 껐다. 차는 이내 오피스텔 지하주차장으로 들어섰다.

"무슨 일이야?"

기연은 희미하게 웃었다.

"나가래서, 나왔어."

지난밤, 기연은 여느 때처럼 모텔에 들어가 눈을 붙이고 집으로 돌아갔다. 현관문을 열고 들어섰을 때 남편이 거실에 앉아 있었다. 새벽 다섯 시였다. 어디 갔다 왔냐고 남편은 물었고 잠이 안 와서 산책하고 왔다는 그녀의 말을 믿지 않고 계속 추궁했다. 기연이 아무 말 하지 않고 입을 다물자, 남편은 집 안의 물건들을 부수기 시작했다. 그녀가 서 있는 자리 바로 앞에다 화분을 던지고, 액자를 깨버렸다. 순식간에 거실의 모든 물건이 부서졌다. 그리고 마지막에 벽에 걸려 있던 그림을 끌어내려서 발로 밟고 벽에 내리쳤다.

"다른 물건을 부술 때는 어디까지 부수나 보자 싶었는데, 그림은……"

기연은 머리가 아픈지 이마를 잔뜩 찌푸렸다. 그녀는 식탁 의자에 앉아 머그잔을 쥐었다가 놓았다가 했다. 주선이 타준 유자차는 뜨거웠다.

"아깝네."

기연은 유자차를 한 모금 마시고 머그잔을 내려놓았다.

"니가 전화 안 받았으면 그 사람한테 전화할 뻔했지 뭐야."

"전화하지 그랬어? 그 남자한테."

"……"

"그냥, 이번 기회에 끝장을 내버려. 내일 가서 그냥 치우지 말고, 사진을 좀 찍어봐."

주선은 화가 치밀어 올랐다. 언제까지 참고 살 거야, 하는 짜증스러운 목소리가 올라오려고 해서 입을 다물었다. 그렇게 퍼부어대기에는 기연이 너무 지쳐 보였다. 가해는 계속되었다. 그들은 그것이 폭력이라는 걸 인식조차 하지 못했다. 묵묵히 견디며 밖에서 오는 충격을 온몸으로 고스란히 받아안는 것, 그렇게 시간은 흘러갔고 그 악몽조차 자연스러운 무언가가 되어버렸다. 언제까지 참고 살 거냐고, 그러다가 다 부서져버리겠다고. 목구멍까지 치미는 분노를 가라앉히기 위해 주선은 담배를 피워 물었다.

두 사람은 다시 한 침대에서 눈을 붙였다. 열 시쯤

되어 주선이 먼저 눈을 떴다. 기연은 자고 있었다.

주선은 기연의 잠든 얼굴을 보며 생각했다. 많이 늙었구나. 자신도 기연도 많이 늙었다. 기연이 자신의 전시회에 찾아왔던 그해 두 사람은 서른여덟이었다. 재연은 유치원을 다니고 있었다. 사람들은 주선보다 기연을 어리게 봤다. 그때는 몰랐는데 이십 년 가까이 지나고 보니, 정말 젊은 때였구나 싶었다.

기연을 그리기 위해 그녀의 집을 처음 찾았던 날이 떠올랐다. 재연이 유치원에 간 오전 시간이었다. 기연의 집은 주택이었고 창문 밖으로 작은 석류나무가 보였다. 가을이었고 석류나무의 잎사귀는 노랬다. 주선은 창을 등지고 의자에 앉은 기연을 그렸다. 웃지 말라고 했지만 기연은 자꾸 웃어서 주선을 난감하게 했다. 그 시절의 기연은 충만해 보였다. 일곱 살짜리 여자아이를 키우는 엄마는 바빴다. 청소를 하고 음식을 하고, 아이의 옷을 사고, 바지런히 움직이는 아이를 따라 그녀도 움직였다. 그녀의 집 선반에는 아이의 사진이 가득했다. 유치원 체육복을 입고 잔디밭에 옆으로 누워 있는 사진, 바닷가에서 수영복을 입고 서서 브이를 그리는 사진. 활짝 웃는 아이의 얼굴은 엄마를 바라보고 있었을 것이다. 그 아이가 이제 결혼을 했으니, 두 사람의 얼굴이 당연히 그대로일 수는 없었다. 눈가의 주름과 처진 볼, 팔자 주름, 기미. 화장하지 않은 피부는 고스란히 시간을 보여주었다. 그 시간은 거뭇하고 골이 파여 있었다. 주선은 잠든 기연의 뺨을 쓸어보고, 괜히 뭉클해져서 서둘러 일어났다. 그녀는 깊이 한숨을 내쉬었다.

수영장에 갔다가 바로 백화점 문화강좌 수업을 하러 가야 했다. 주선은 세수를 간단히 하고 커피만 한 잔 마시고 밖으로 나섰다.

주선은 백화점 지하 푸드코트에서 국수를 먹고 문화센터가 있는 구 층으로 올라갔다. 문화센터 강의실로 들어가기 전 화장실에 들러 칫솔질을 하고, 화장을 고쳤다. 아이라인을 다시 그려 넣고 콤팩트를 꺼내 퍼프로 이마와 뺨을 두드렸다. 주선은 긴 머리를 고수했다. 구불구불하게 세팅한 머리는 그녀의 자랑거리였다. 얼굴에 주름이 늘어도, 머리카락만은 탄력 있었다. 그녀는 머리카락에 손가락을 넣어 아래로 부드럽게 쓸어내렸다. 그녀는 매일매일 트리트먼트를 하고 아르간오일 헤어에센스를 발라주었다. 수영이 끝나고 머리 만지는 데만 이삼십 분은 걸렸다. 그래도 그럴 만한 가치가 충분했다. 오 년 전에 쌍꺼풀 수술과 눈 밑 주름 제거 수술을 했다. 주선은 완벽하게 화장을 고친 자신의 얼굴을 백화점 화장실 거울에 비춰 보며 생각했다.

왜 인간은 가장 가까운 사람에게 가장 잔인한 걸까.

주선은 또 깊이 한숨을 내쉬었다. 기연은 아무렇지 않은 척 웃었지만, 어제 새벽 기연은 조금 부서졌다. 물건들과 함께 그림과 함께 조금 훼손되었다. 조금씩 훼손되며 아무렇지 않은 척 살아가는 사람들. 늙어가는 사람들은 어느 날 갑자기 완벽한 고장을 드러냈다. 폭삭, 주저앉아 버렸다. 주선은 알고 있었다. 이 완벽한 화장이 영원히 계속되지 않으리라는 걸. 그래도 오늘, 지금 이 순간은 거울을 보며 안도했다. 그녀는 백화점 화장실이 좋았다. 따스한 불빛이 부드러운 음영을 얼굴에 드리우며 적당히 적당히 가려주었다.

강의실로 들어서자 이젤을 놓고 앉은 수강생들이 인사를 했다. 열 명 모두 여자였다. 남자는 없었다. 대부분 기혼의 사오십 대 여성들이었다. 주선이 간단히 인사하고 수업에 대해 몇 가지 안내 사항을 전달했다. 잠시 후 그들은 팔레트와 물감을 꺼내, 제각각 자신의 캔버스에 붓질을 시작했다. 주선은 이젤 사이를 걸어 다니며 코멘트를 달았다. 간혹 직접 붓을 들고 수정을 해주기도 했다.

그녀는 일부러 손에 물감을 묻혔다. 그 감촉과 냄새가 좋아서였다. 물감 냄새가 그녀의 콧속으로 파고들었다. 여러 빛깔의 물감들이 뭉개지며 캔버스 위를 미끄러졌다. 한데 뒤섞이고 제각각의 색으로 분리되는 시간, 그녀는 이질적인 사람들이 한데 모여 그림에 몰입하는 이 시간을 사랑했다. 부서진 것들이 회복되는 시간이었다. 문득, 기연에게 그림을 권해야겠다는 생각이 들었다. 담배보다는 그림이 나았다. 그림을 배워보라고 해야지. 그녀에게 화구를 선물해야겠다. 삶에서 가치 있는 일은 그다지 많지 않지만 그림을 그리는 건 충분한 가치가 있었다. 손에 노랑과 빨강을 묻히고, 파랑과 검정을 묻히고, 잊는 거다. 그게 무엇이든.

검은
얼굴

　　가게 안쪽으로 손님이 들어왔다. 파머머리
여자였다. 커다란 컬을 넣은 갈색 머리카락은 귀밑 아
래까지 내려왔다. 순간 그녀가 안으로 들어설 때 치수
는 자리에서 벌떡 일어났다. 기연, 그녀인 줄 알았다.
여자 손님은 이불 가게 내부를 둘러보며 이불 몇 가지
의 가격을 물어보았고, 그중 간절기용 차렵이불 한 채
를 사 들고 나갔다.

　기연은 유월 말 이불 가게에 들러 혼수를 해 갔다.
지난달부터 그녀는 그의 연락을 받지 않았다. 어느새
구월이었다. 뜨거운 열기는 한풀 꺾였다. 더위는 아직
채 가시지 않았지만 서늘한 바람이 계절의 변화를 알
려주었다. 그는 자주 기연을 생각했다. 그녀를 떠올리
면, 그녀의 작은 손이 먼저 떠올랐다. 곱고 작은 손. 나이 든 여자의 것이라기에는 부드럽고 뽀얀 그 손은 그녀의 전체와 분리되어 따로 존재하는 듯 빛을 발했다. 약간은 지치고 불안해 보이는 그녀와 달리 손은 생기가 넘쳤다. 기연을 처음 보았을 때 치수는 그녀가 딸을 시집보내기에는 너무 젊어 보인다고 생각했다. 사십 대 후반 정도로밖에 보이지 않는 얼굴이었다. 하지만 그 얼굴에 어려 있는 피로감과 허무함은 늙은이의 것이었다.

　기연이 이불을 구입한 날 치수는 트럭을 몰아 그녀의 집까지 이불을 배달해주었다. 녹슨 푸른 철 대문이 있는 주택이었다. 단층 주택에는 반지하와 옥탑이 딸려 있었다. 마당 안쪽으로 들어서니 석류나무가 보였다. 화단의 오래된 석류나무에 주홍빛 꽃이 매달려 있었다. 두터운 주홍빛 외피가 중앙의 부드러운 꽃잎을 감쌌다. 그는 이불을 옮기며 집 안을 살펴보았다. 벽면이 나무로 된 거실은 다소 어두웠다. 소파 위쪽에 가족사진이 걸려 있었다. 남편과 그녀, 그리고 그녀의 딸이었다. 남편은 마른 편이었고 까만 머리카락이 이마 위로 길게 내려왔으며 각진 안경을 쓰고 있었다. 작고 매서운 눈이 완고하고 깐깐한 느낌을 주었다. 머리를 포니테일로 묶은 딸은 중학생 정도로밖에 보이지 않았는데, 해맑게 웃고 있었다. 딸은 아빠를 닮은 것도 같고 기연을 닮은 것도 같았다. 기연은 연분홍 블라우스 차림에 어깨를 덮는 긴 파마머리였다. 입 모양이 웃는다고 하기에는 애매하게 벌어져 있어, 어색해 보였다. 그리고 그의 눈길을 끈 것은 주홍색 그림이었다. 인테리어랄 것 없이 그저 실용적으로만 보이는 검은색 소파와 커다란 괘종시계, 티브이가 놓인 거실 공간에 그 그림만이 생경한 존재감을 드러내고 있었다.

주홍 바탕에 붓으로 가볍게 터치한 검은 풀이 그림 중앙에서부터 상단으로 번지듯 퍼져 있었다. 강변의 풀숲 같았다. 어떤 그림인지 궁금했지만, 그 그림에 대해 기연에게 물어보지 못했다. 기연은 지독한 불면증을 앓고 있었다. 그리고 그녀의 얼굴은 무척 쓸쓸해 보였다. 아무것도 없다는, 텅 빈 표지. 그런 얼굴은 치수를 안달 나게 했다. 이불이 깔리지 않은 텅 빈 방에 번듯한 이불 한 채를 새로 놓아주듯이, 그렇게 무언가를 주고 싶게끔 만들었다. 외로운 여자들을 달래고 위로하는 게 그의 천성이자 소명인 것처럼 그는 자신의 호주머니를 뒤져 그들에게 무언가를 채워주고만 싶었다. 그것은 자연스러운 이끌림이었다. 그는 생각했다. 지금쯤이면 석류꽃은 죄다 지고 열매가 맺혔겠구나, 잘하면 벌어진 녀석도 있겠구나 하고. 기연은 이제 잠을 좀 잘까? 하지만 왠지 그녀는 여전히 잠을 설치고 대낮에 충혈된 눈으로 멍하니 마당으로 난 창을 바라보고 있을 것만 같았다. 그 모습을 상상하면 그는 초조해졌다.

치수의 어머니는 외롭게 살았다. 아버지는 재일교포였고 일본에 또 다른 아내와 가족이 있었다. 어머니는 집안의 제사를 지내는 명목상의 아내였다. 살림이 쪼들리지는 않았지만 골초인 어머니는 늘 허전해 보였다. 명절에만 한 번씩 얼굴을 비추던 아버지는 그가 군대를 다녀온 이후로는 아예 한국을 찾지 않았다. 칠년 전 어머니는 폐암으로 죽었다. 그는 어머니가 얼굴에 새기고 다니던 깊은 고독을 쉬 알아보는 남자가 되었고, 그냥 지나치지 못했다. 그는 기연의 얼굴에서 그것을 보았다.

휴대폰을 열었다. 어떻게 지내요? 기연과의 카톡 채팅창에 그의 안부가 하나 더 추가되었다. 그녀는 이 안부 역시 바로 확인했다. 하지만 답은 없었다. 채팅

창에는 그의 질문만이 주르르 늘어져 있었다.

　지방을 태우고 절했다. 두 아들이 치수를 따라 무릎을 꿇었다. 큰아들 재연은 서울에서 직장 생활을 했고 둘째 재석은 집에서 취업 준비를 하고 있었다. 제사를 핑계로라도 큰아들을 불러들일 수 있어 치수는 좋았다. 고작 하루를 자고 가거나, 당일에 내려갈 때도 많았지만 그렇게라도 보지 않으면 재연의 얼굴을 까먹을 지경이었다. 턱수염을 제대로 밀지 않은 아들들의 턱이 거뭇했다. 둘 다 키가 큰 편이었다. 치수의 아내 미옥은 부엌에 서 있었다. 날이 선 얼굴이었다. 미옥은 치수에게 더 이상 제사를 지낼 수 없다 했다. 제사는 명절을 포함해 일 년에 일곱 번이었다. 그는 대답을 회피했다. 제사는 아버지가 유일하게 부과한 어머니와 치수의 의무였다. 그 제사 때문에 아버지는 어머니를 아내로 두었다. 그가 물려받은 고향의 전답과 일본에서 송금되는 돈들은 제사를 전제로 한 것이었으며 유일하게 아버지가 그를 인정한다는 증표였다. 이 세상 어딘가 아버지가 있다는 증거였다. 물론, 그가 마흔이 될 무렵 그 돈도 끊겼지만.

열린 베란다로 서늘한 바람이 불어 들었다. 향 냄새가 거실을 떠돌았다. 어머니의 제사였다. 제사가 끝나고 제수를 정리한 다음 모두가 부엌 식탁에 모여 앉았다. 전과 수육, 소고기 산적, 조기가 식탁에 놓였다. 미옥은 나물을 얹은 비빔밥과 탕국을 치수와 아들들 앞에 내려놓았다. 미옥은 식탁 모서리 쪽에 의자를 놓고 비스듬히 거리를 두고 앉았다. 그녀 앞에는 수저도 밥그릇도 없었다.

"안 먹어?"

"생각 없어요."

"뭐라도 좀 먹어야지."

미옥은 창백하고 마른 얼굴로 그를 빤히 보았다.

"냄새도 맡기 싫어요. 당신이나 먹어요."

미옥은 재작년에 위암 수술을 받은 이후로 식사를 잘 하지 못했다. 조금만 먹어도 복통을 호소하거나 구토를 했다. 키가 백육십칠인 그녀는 원래도 날씬한 편이긴 했지만 수술 후 더 바짝 쪼그라들었다. 이제 그녀는 사십 킬로그램을 겨우 넘겼다. 그녀가 위암 투병을 했던 작년까지 삼 년 동안 제대로 제사상을 차리지 못했다. 그는 시장에서 맞춘 제사음식으로 홀로 제사를 지냈다. 하지만 올해는 어머니 제사라도 어떻게든 제대로 치르고 싶었다. 그것이 욕심이라는 걸 치수는 알았다.

"어서 먹어."

미옥의 눈치를 보고 있는 아들들에게 음식을 권하자 그들은 겨우 수저를 들었다. 식사 내내 모두 조용했다. 그녀는 퀭한 눈으로 식사를 하는 남자들을 바라보고 있다가 이내 방으로 들어가 침대에 누웠다. 아들들도 화가 난 거 같았다. 아무도 그를 이해해주지 않았다. 그가 큰아들에게 정종을 권했다. 큰아들이 술잔을 받으며 말했다.

"아버지, 엄마한테 제사는 무리예요."

"그래, 알겠다."

둘째아들이 날 선 목소리로 쏘아붙였다.

"아빠는, 엄마가 불쌍하지도 않아?"

아들들은 미옥의 병이 할머니와 아버지 때문이라 생각했다. 미옥은 삼십 년 넘게 어머니를 모시고 살았다. 어머니는 미옥에게 엄격하고 까탈스럽게 굴었다. 그는 아들들 앞에서 죄인처럼 고개를 숙였다. 탕국에서 진한 간장 냄새가 풍겼다. 국물에 불은 다시마가 무와 두부 사이에 잠겨 있었다.

"그러면 얼른 니들이 장가가서, 제사를 가져가든지."

재연은 수육을 집다가 말고 젓가락을 놓으며 말했다.

"없어. 엄마처럼 제사 지낼 여자, 요즘엔 없다고."

아들의 얼굴은 굳어 있었고 치수를 노려보는 눈매가 매서웠다. 치수는 실없는 웃음을 흘리며 눈길을 돌렸다. 보조개가 파이며 특유의 장난스런 표정이 얼굴에 떠올랐다.

"여자도 한 번 제대로 못 사귀어본 녀석이."

재연은 깊이 한숨 쉬며 젓가락질을 다시 시작했다. 아들을 낳고 치수는 조금은 세상에 발을 붙인 느낌이 들었다. 재연은 치수를 닮아 눈매가 갸름하고 머리카락이 곱슬했다. 그리고 좀처럼 자기 속마음을 잘 꺼내놓지 않았다. 아들이 자기 생각을 있는 그대로 드러내는 것이 참으로 오랜만이라는 생각이 들었다. 큰아들의 얼굴에 이제 앳된 모습은 없었다. 미옥을 닮아 조로한 듯 지친 기색이 비칠 때도 있었다. 아들은 좀처럼 여자를 잘 사귀지 않았다. 집에 말하지 않아서일 수도 있지만 원체 관심이 없어 보였다. 이제 짝을 찾아야 할 때인데, 치수는 걱정이 되었다. 재석은 달랐다. 한 번도 집에 여자 친구를 데려온 적 없는 큰애와 달리 곧잘 여자 친구를 집에 데려오곤 했다. 치수는 내심 기대했다. 딸이 없는 그에게 싹싹하게 굴, 다정한 며느리. 이 집안의 제사를 알뜰히 챙겨줄 손이 야무진 큰며느리가 생겼으면 좋겠다고. 하지만 굳게 다문 재연의 입매를 바라보며 이 모든 바람이 백일몽에 불과할지도 모른다는 불안감이 피어올랐다.

두 아들은 치수에게 양쪽 호주머니에 하나씩 든 사탕 같은 존재였다. 제사가 끝나고 엄마가 손에 쥐여주던 비닐에 싸인 연유맛 사탕. 그는 그것을 아끼고 아끼다 호주머니 안에서 녹아 천에 들러붙을 때까지 먹지 않았다. 아이들을 사랑했지만 아이들은 그에게 멀고 어려웠다. 그는 아이들이 잘못을 하면 어찌 해야 할지 몰라 화가 났고, 아이들이 사랑스러우면 어찌 표현해야 할지 몰라 화가 났다. 그래서 아이들에게 자주 화를 내거나 침묵했다. 졸업식 날도, 그들이 상을 타온 날도 그는 부루퉁하게 입을 다물고 있었다. 재연이 오락실에서 돌아오지 않아 잡으러 간 날에는 화가 나서 침묵하고 있다가 아이를 집 밖으로 쫓아냈다. 영하의 추위가 찾아온 겨울밤이었다. 아이가 어디서 뭘 했는지 그는 아직도 알지 못했다. 자신이 아이를 때릴까 봐 두려웠다. 그래서 재연을 밖으로 쫓아버렸다.

내성적인 성격이었던 치수는 장사를 시작하면서 곧잘 웃는 외향적인 사내로 변했지만 그것은 작업복 같은 것일 뿐이었다. 하지만 사람들은 그 웃음에 곧잘 속아 넘어갔다. 특히 여자들이 그랬다. 물론 그 표정과 말은 늘 밖에 두는 것. 집에서는 자신의 표정으로 돌아갔다.

치수는 늘 두 아들을 바라보고 있으면 가슴이 뜨거워지며, 얼굴이 굳어졌다. 두 아들도 그를 무뚝뚝하게 대했다. 아이들에게 베풀어야 하는 사랑의 말과 표정을 그는 배운 적이 없었다. 명절 때 찾아오는 아버지와 마주하면 드는 불편한 마음, 딱 그대로 그와 그의 자식들은 데면데면 날카로웠다.

치수는 배달을 나갔다가 기연의 집 근처에 트럭을 대놓고 그녀의 집으로 갔다. 푸른색 대문 너머로 석류나무가 보였다. 꽃은 모두 졌고 석류나무에 푸릇한 열매가 매달렸다. 석류 열매는 입을 다물고 있었다. 제법 붉어진 것도 보였다. 그는 녹슨 대문 틈으로 보이는 마당을 들여다보고 섰다. 인기척이 느껴지지 않았지만 주먹으로 문을 두드려보았다. 역시 아무런 반응이 없었다. 담장과 나란한 빨랫줄에 옷걸이가 걸려 있었다. 기연의 속옷, 블라우스, 그리고 남편의 것으로 보이는 속옷과 양말, 바지 들이었다. 그는 별다른 생각 없이 대문 앞에 쪼그리고 앉았다. 담배 생각이 났다. 작년에 힘들게 끊었던 담배. 어머니처럼 폐암으로 죽고 싶지는 않았다. 그렇다고 해도 담배를 쉬 잊을 수가 없었다. 트럭 운전석에 앉는 순간, 치수는 자신도 모르게 콘솔박스를 뒤지며 담배를 찾곤 했다.

담배를 끊은 건 전립선에 이상이 생겨서이기도 했다. 전립선비대증이 심각해지며 소변 줄기가 약해지고 소변을 눌 때마다 괴로웠다. 미옥은 위암 진단을 받기 전에도 그에게 더 이상 잠자리를 원치 않는다고 했다. 욕망을 풀 곳도 없었지만 그 전에 이미 욕망은 숨어버렸다. 그래도 때때로 그는 못 견디게 외로워졌다. 아내 외에 여자가 있는 건 아니었다. 친구처럼 지내는 여자들이 있기는 해도 깊은 관계까지 간 건 젊은 시절 두어 번뿐이었다. 그것도 모두 오래가지 못했다. 종종 그에게 다가오는 여자들이 있었지만 그는 피했다. 하지만 외도를 한 번 들킨 후, 그가 어떤 말을 해도 미옥은 그를 믿지 못했다.

치수가 기연에게 의도적으로 접근했던 건 아니었다. 다만 그녀를 그냥 지나치지 못했을 뿐이었다. 그의 눈에 그것은 너무도 선연하게 눈에 띄는 것이었다. 그 고독감을 모르지 않았기에 조금 옆에 머무르고 싶었다. 잠들고 싶다는 그녀를 재워주고 싶었다. 오히려 그녀가 품으로 파고들었을 때는 두려웠다. 아픈 미옥의 얼굴이 떠올랐다. 하지만 기연에게는 그가 차마 뿌리칠 수 없는 깊은 처연함이 있었다. 따듯하고 부드러운 그녀의 손길이 그의 긴장을 완전히 풀어놓았다. 오래된 고독이 녹아 사라졌다. 그런데 뒤늦게 후회가 되었다. 너무 빨랐던 걸까. 그날 이후 기연은 그를 피하기 시작했다. 그는 그녀를 포옹하고서야, 자신이 고독했음을 새삼 깨달았다. 제 적적함을 기대어 풀 곳이 어디에도 없었다. 차갑기만 한 아내도, 속을 알 수 없는 아들들도 그저 두려운 존재일 뿐이었다. 기연이 그를 피할수록 그는 초조해졌다. 그녀가 영원히 빠져나가 버릴까 봐. 지금 그 어디에도 그에게 곁을 내어주는 이는 없었다. 그녀 이외에. 그는 자신에게 선물처럼 주어진 그 작고 따스한 손을 놓치고 싶지 않았다.

　겨자색 블라우스를 입은 기연이 골목 안쪽으로 걸어 들어왔다. 그는 자리에서 일어났다. 그녀는 그를 발견하고 발걸음을 멈추었다. 한쪽 손에는 검은 비닐이 들려 있었다. 장을 보고 돌아오는 길인 모양이었다. 다음 주가 추석이었다. 기연의 이마에는 땀방울이 맺혔고 골목 안쪽으로 서늘한 가을바람이 불어들었다. 두 사람은 잠시 아무 말도 않고 그렇게 마주 보고서 있었다.

　패스트푸드점 일 층 플라스틱 좌석에 둘은 마주 앉았다. 기연은 조용했다. 어떻게 지냈냐고, 요즘 잠은 좀 자냐는 치수의 질문에 그녀는 고개를 끄덕였다. 수면제를 처방받아 먹고 있다고. 수면제가 다행히 잘 듣는 편이라고 했다. 그녀는 냅킨으로 땀을 닦으며 덧붙였다.

　"도저히 방법이 없어서요. 어지럼증 때문에 수면제는 못 먹었는데, 잠을 너무 못 자니까. 어쩔 수 없이 먹어요."

　그녀는 어지럼증이 이는지 미간을 찌푸리며 오렌지주스를 마셨다.

"이러면 곤란해요."

치수는 그녀의 얼굴을 바라보았다. 그래도 기연은 편안해 보였다. 지난여름처럼 금방이라도 쓰러질 듯 졸음이 가득한 얼굴은 아니었다. 그의 곁에서 꾸벅꾸벅 졸던 기연은 스러질 듯 기운이 없었다. 안도가 되면서도 한편으로는 서운했다. 자기 곁에 누워 곤히 잠들었던 그녀의 무방비한 얼굴을 다시는 볼 수 없을지도 모른다는 생각 때문이었다. 그는 다시금 깨달았다. 기연의 불면증이, 그녀를 치수의 곁으로 이끄는 역할을 했다는 걸. 불면증이 아니라면 그녀는 굳이 그의 어깨에 기대려 하지 않았을 것이다.

"이불은 써보니 어때요?"

기연이 주스에 두었던 시선을 그의 얼굴로 옮겼다.

"이불요?"

"우리 가게 이불 덕에 잠이 잘 오는 거 아니에요?"

기연은 그제야 웃었다. 작고 둥근 볼이 들려 올라가며 덧니가 드러났다. 치수는 그 표정이 반가워 같이 벙그레 웃었다.

"맞아요. 이불 덕이죠."

두 사람은 음료를 마시고 나와 공원을 잠시 걸었다.

한여름의 열기와 녹음으로 가득하던 공원은 어느새 서늘해졌다. 공원을 지키고 앉은 노인들은 조금 더 늙은 채로 벤치에 떨어져 있었고 비둘기들은 그 사이를 분주히 돌아다녔다. 치수는 자신의 옆에 기연이 걷고 있다는 것만으로 안도했다. 문득, 이 여자가 이렇게 보고 싶었나, 자신도 모르게 가슴에 기쁨이 차오르자 그는 조금 놀랐다. 그녀가 비둘기처럼 달아날까 봐 그는 한마디 한마디 조심해서 건네며 기연을 힐끔거렸다. 자신을 피하지 말라고, 친구가 되자는 치수의 말에 기연은 가만히 고개를 떨구고 웅얼거렸다. 안 된다고, 이렇게 만나서도 연락해서도 안 된다고.

"왜 안 된다는 거죠?"

기연은 그의 질문에 대답하지 않고 다시 또 고개를 숙였다.

"그날 이후로, 혼자 가끔씩 모텔에 갔어요. 모텔에서 그렇게 잠이 잘 오더라고요."

"혼자서요?"

"네. ……그렇게 편한 적이 없었어요. 그렇게 편안하게 잠든 적이 없었어요. 거기 있으면 아무도 나를 못 찾을 거 같았죠. 아무것도 없는 사람처럼 그렇게 쓰러져 잤어요. 남편이 새벽에 깨서 날 기다리고 있지만 않았으면, 아마 그렇게 계속 모텔을 찾았을 거 같아요."

"남편이?"

그가 멈춰 섰다. 그녀는 얼굴을 일그러뜨리고 흐흐흐 웃었다.

"산책했다고 했는데, 안 믿었어요. 한바탕 난리가 났죠."

그 뒤로 그녀는 모텔에서 자는 걸 그만둬 버렸다고 했다. 수면제를 먹는 게 힘들지만, 더 이상 그냥 버틸 수는 없었다고 했다.

"세상이 핑핑 돌아요. 수면제 먹고 난 다음 날이면 그래요. 잠을 자지 못한 다음 날도 힘들기는 하지만, 이 어지럼증은 또 달라요. 불면증이 나를 내내 문밖에서 있게 한다면 어지럼증은 누군가 하루 종일 나를 밀어내는 느낌이 들거든요."

이제 더 이상 붉게 충혈되지 않은 기연의 눈은 말갰다. 하지만 그가 그녀의 눈에서 읽어냈던 불안은 여전했다. 그 불안의 기미를 확인하고 그는 자신이 깃들 틈을 발견한 듯이 다시 한번 더 안도했다. 기연을 계속 만날 수 있으리라는 희망을 그 불안에서 보았다.

그렇다고 해도 알 수는 없는 일이었다. 손을 내밀어 잡고 싶었지만 차마 그러지는 못했다. 그녀는 그를 외면하기 위해 애쓰고 있었다. 다가오고 싶어 하면서도 달아날 궁리를 했다. 남편이 그녀를 이상하게 생각하고 있다니, 그녀는 더 완강하게 달아나려 할 것이다. 치수는 자꾸 옆에 걷고 있는 기연을 확인하듯 또 바라보고, 또 바라보았다. 처음 사랑을 하는 사람처럼.

두 사람이 연못 옆을 지날 때 그는 손을 잡는 대신 혼자 조용히 노래를 흥얼거리기 시작했다. 그녀는 앞만 보고 그냥 걷기만 했다. 하지만 그 소리만은 그녀의 귓가로 바짝 다가왔다. 그는 목소리를 조금 키웠다. 부드러운 저음의 목소리가 그녀의 손바닥을 간질였다. 시원한 바람이 연못을 지나 그 둘 사이를 지나쳤고 노래는 계속되었다.

치수는 가게 문을 닫고 집으로 갔다. 시계는 아홉 시를 넘어가고 있었다. 아파트의 도어락을 열고 들어가니 거실은 캄캄했다. 안방에서 티브이 소리만 들릴 뿐 인기척이 없었다. 안방 문을 여니 작은 티브이에서 흘러나온 불빛이 어둠을 적셨다. 돌침대 위에 모로 누운 미옥이 눈만 뜨고 티브이를 보고 있었다. 그녀는 그를 쳐다보지 않았다. 치수는 갑자기 숨이 턱 막혔다. 단단한 벽 같은 것이 그와 그녀 사이를 가로막고 있는 기분이었다. 그는 억지로 목소리를 높이며 말했다.

"저녁은 먹었어?"

미옥은 대답이 없었다. 그는 화가 치밀었다. 그녀의 창백한 얼굴은 무표정했다. 마구 화를 내며 이 단단한 침묵을 깨고 싶었다. 미옥과 자신 사이에 놓인 그 단단한 벽 위에 리모컨이라도 집어던지고 싶었다. 그때 그녀가 말했다. "앉아보세요." 목소리는 낮게 잠겨 있었다. 미옥은 자리에서 몸을 일으켜 벽에 등을 기대고 앉았다. 그도 돌침대 한쪽에 걸터앉았다.

"이혼해요."

치수는 그녀를 멀거니 쳐다보았다. 단단한 것으로 맞은 듯이 머릿속이 멍했다.

"이혼해줘요."

그녀는 여전히 무표정했다.

"이혼하면, 갈 데는 있고?"

"절에 들어갈 거예요."

미옥의 말을 듣고 치수는 그녀에게 말했다. 자신이

잘한 일이 없다는 거, 알고 있다고. 뭐든지 하고 싶은 대로 하라고 했다. 하지만 이혼만은 안 된다고, 그것만은 할 수 없다고 하자 미옥은 칫소리를 내며 웃었다.

"왜요? 남사스러워서?"

그는 말문이 막혔다. 어디서부터 잘못된 것일까. 이유는 많았다. 서른셋쯤에 아내 몰래 만나던 여자를 들켰었다. 미옥은 그 사실을 알고도 아무 말도 하지 않았다. 치수와 미옥은 소리 내 싸운 적이 거의 없었다. 참 이상한 일이었다. 그는 미옥의 마음을 좀처럼 알 수가 없었다.

미옥의 이혼 요구는 이번이 처음은 아니었다. 이제 나이도 먹었고, 그런 맘이야 다 사라진 줄 알았다. 절이라면 법륜사일 터였다. 미옥은 조용히 지내다가도 한 번씩 사라지곤 했는데, 그때마다 법륜사에 있었다. 그러고 보니 치수는 한 번도 법륜사에 가본 적이 없었다.

미옥은 피로한 얼굴로 다시 돌침대에 누웠다. 벽을 보고 돌아누운 그녀를 등지고 앉아 치수는 한참 티브이를 노려보고 있었다. 미옥은 너무 멀리 있었고 그는 아득하게 멀어진 그녀를 속수무책으로 바라보며 깊은 외로움을 느꼈다. 모든 게 그의 탓이었으나, 그는 힘이 없었다. 흘러가는 물줄기를 바꿀 힘도, 그것이 어디로 가는지 가늠할 힘도 없었다. 그는 천천히 일어나 거실로 나가 안방 문을 닫았다. 티브이 소리는 나직하고 집 안은 너무도 검었다. 치수는 그 어둠이 자신을 완전히 지우고 있음을 깨달았다. 지워진 자신을 돌려놓을 방법이 없었다.

돼지 생막창이 불판 위에서 익어갔다. 연한 분홍색을 띤 살덩이가 쪼그라들며 노릇해지고, 기름이 떨어진 숯불에서 연기가 피어올랐다.

치수는 미옥을 집에 혼자 남겨 둔 채, 집에서 나와 외사촌 형 한성에게 연락을 했다. 이혼하자는 미옥의 말을 듣고 가만히 집에 앉아 있을 수가 없었다. 술 한 잔 하자는 말에 한성은 알겠다며 시장 근처 막창 집에서 보자 했다.

그는 한성의 빈 잔에 소주를 따라주었다. 그러고는 자신의 잔도 채웠다. 한성은 집게로 막창을 부지런히 뒤집었다.

"니가 웬일이냐. 먼저 술을 다 마시자 하고."

치수는 술을 가급적 피하려 했다. 언제 또 발동이

걸려 술독에 빠질지 자신도 장담할 수 없기 때문이었다. 이 시장에서 이불 장사를 하게 된 건 순전히 한성의 덕이었다. 한성은 어린 나이부터 친척 이불 가게에서 일했고 스무 살이 넘어 자신의 가게를 열었다. 치수가 청도에서 여기로 온 건 고등학교 때였다. 고등학교를 졸업하고 제대로 자리 잡지 못한 채 한량처럼 떠돌던 치수를 붙들어 자신의 가게에서 일하게 한 것이 한성이었다. 한성 덕분에 치수도 자신의 가게를 가질 수 있게 되었다. 한성은 치수에게 지금의 아내를 소개해주기도 했다. 치수는 무슨 문제가 생기면 늘 생각했다. 형이라면 알지 않을까.

"이혼하자네요."

"미옥이가?"

치수는 고개를 끄덕였다. 한성은 막창을 다 자르고 가위를 내려놓았다. 적당히 노릇해진 막창이 먹기 좋은 크기로 잘려 있었다.

"뭐라 했냐?"

"이혼만은 안 된다고, 다른 건 전부 하고 싶은 대로 하라고 했죠."

한성은 별달리 할 말이 없다는 듯 막창을 된장소스

에 찍어 입에 넣고 우물거릴 뿐이었다. 그는 열두 살 차이 나는 형수와 서른여덟에 늦은 결혼을 했다. 게다가 한 번 이혼했다가 재결합했다. 그녀는 돌 지난 딸 예리를 두고 집을 나가버렸다. 재결합 후 그들은 아들을 하나 더 낳았다. 우여곡절이 많았지만 지금은 둘 사이가 좋았다.

한성을 보며 내성적이었던 치수는 많이 배웠다. 하지만 미옥에게만큼은 어찌해야 할지 알 수 없었다. 미옥은 오래전에 마음의 문을 닫았고 치수는 그것이 자신의 탓이라는 것을 알았다.

"넌 어떠냐?"

"뭐가요?"

"미옥이랑 같이 사는 게 좋으냐?"

그는 대답하지 못했다.

"너는 늘, 마음이 딴 데 있어."

치수는 고개를 숙였다. 그는 된장소스를 가만히 바라보았다. 그러다가 얇게 저민 청양고추를 집어 먹었다. 매웠다. 맵고 고소했다. 어쩌란 말인가. 내가 이런 사람인 걸, 하고 치수는 속으로 중얼거렸다.

"너는 늘 나보다 가진 게 많았어. 그런데 이상하게

너는 자신이 가진 걸 쓰레기처럼 보더라."

치수는 생각했다. 내가…… 쓰레기니까.

"난 엄마한테 윽박지르고 주먹질이나 하던 아버지가 차라리 없었으면 싶었지. 그래서 늘 니가 부러웠어. 돈만 주고 멀리 사는 니 아버지도 부럽고."

치수는 불판에서 막창을 하나 집었다. 막창은 질겼다.

"어떻게 하면 형처럼 살 수 있어요?"

"무식하게. 무식하게 살아야지. 가진 거에 감사하고, 나 같은 놈이랑 살아주는 마누라에게 감사하고."

치수는 한성의 잔과 자신의 잔에 소주를 부었다.

"빌고 매달려, 당신 없으면 안 된다고. 그리고 머리 위 말고, 발밑을 좀 보고 살아. 다른 데 말고, 니가 서 있는 곳, 니 마누라를 좀 보라고."

불판 위의 막창이 바짝 익어가고 있었다.

늦은 밤 한성을 불러냈던 막창 가게는 시장과 걸어서 십 분 정도 걸리는 거리에 있었다. 새벽 세 시가 넘어서 두 사람은 헤어졌다. 소주 세 병을 비운 다음이었다. 한성을 택시에 태워 보내고 치수는 담배를 한

갑 샀다. 끊은 지 몇 달 만이었다. 담배 맛은 여전했다. 기름 진 고기의 뒷맛도 쓴 소주와 함께 올라오는 취기도 담배 한 개비를 태우는 동안 싹 씻겨나갔다. 그는 담배를 피워 물고 큰 대로를 따라 걸었다. 가게에 들어가서 잘까 싶었다.

가을밤 공기는 서늘했다. 걸어가는 그의 주위로 담배연기가 뭉게뭉게 피어올랐다. 담배를 처음 피워본 건 이맘때 가을, 추석이 얼마 지나지 않았을 때였다. 아버지는 일본 담배를 몇 보루씩 사 들고 왔다. 국산 담배에 비해 매끄럽고 고급스러웠던 일본 담배는 친척 어른들 사이에 인기가 좋았다. 아버지는 그 담배를 피웠다. 치수가 중학교 이 학년이었을 때였다. 그는 어머니 몰래 담배 한 갑을 챙겼다. 야산에 들어가 금박 끈을 당겨 얇은 비닐을 벗기고 담뱃갑을 열었다. 가지런한 일제 담배는 먼 곳에 사는 아버지의 삶을 상상하게 했다. 담배는 독했다. 첫 한 모금을 마시고 기침을 했다. 괴로움 속에 연거푸 담배를 피워 물었다. 담배에서 아버지 냄새가 났다. 그는 생각했다. 아버지는 왜 나를 낳았나. 아버지는 왜 나와 살지 않나. 아버지는 왜 나를 본 체 만 체하는가. 치수는 한성이 부러웠다. 행패를 부리든 말든 매일매일 만날 수 있는 아 버지가 있다는 게 부러웠다. 그리고 그다음 명절이었 다. 아버지에게 담배 피는 걸 들켰다. 아버지는 치수의 뺨을 때리며 일본말로 욕했다. 눈물이 핑 돌 정도로 손이 매웠다. 그런데 치수는 기뻤다. 아버지가 자신을 더 때려주었으면 했다. 처음으로 자신을 아는 척했다 는 생각이 들었다. 아버지 같았다. 남이 아니라.

어머니는 아들을 너무 사랑했다. 결혼 생활 내내 아 내와 치수 사이에 어머니가 있었다. 그는 어머니의 사 랑을 버거워하면서도 내칠 수가 없었다. 이건 아니지 싶은 순간들이 있어도 모른 척했다. 어머니의 고독과 회한이 자신에 대한 기대로 굳어가는 것이 싫어 집밖 으로만 돌기도 했다. 공고를 졸업하고 일정한 직업도 없이 술로 세월을 보냈다. 어머니는 치수가 어떤 짓을 해도 나무라지 않았다. 그것 역시 그에게는 괴로운 일 이었다.

몇 년 전 시장 사람들과 일본 온천여행을 갔을 때 생각했다. 아버지는 아직 살아계실까. 그런데 나와는 완전히 절연하였구나. 커다란 잉어가 노는 연못과 마 을의 고목 아래서, 뜨거운 김이 올라오는 노천탕에서 아버지가 산다고 했던 도쿄를 향해 마음속으로 절했다. 모든 원망을 묻고 그렇게 했다. 마치 아버지가 죽은 것처럼 절을 하고 마음을 닫았다. 더 이상은 기다리지 않겠다고 다짐했다.

시장이 점점 가까워졌다. 매캐한 냄새와 함께 검은 연기가 밤하늘로 솟아올랐다. 치수는 순간 취기에서 깨어났다. 싸늘한 기운이 등을 덮었다. 그는 걸음을 빨리했다. 시장 입구로 들어서자 곳곳에 서 있는 소방차와 몰려든 상인들이 보였다. 그의 점포가 자리한 지구 쪽이었다. 몇 개의 지구로 나뉜 큰 시장 가운데 하필 그의 점포가 자리한 건물이 화염에 휩싸였다. 사람들의 어깨 너머로 불길이 치솟는 것이 보였다. 불길은 붉고도 검었다. 불꽃이 검은 연기와 뒤엉켜 휘몰아쳤다. 검은 연기가 하늘로 빨려 올라갔다. 건물은 연기와 불꽃에 휩쓸려 맥없이 내려앉았다. 꼭 구덩이처럼 보였다. 깊고 어둡고 붉은 구덩이가 입을 벌리고 주변의 모든 것을 빨아들였다. 그 속으로 걸어 들어가면 불꽃과 연기와 함께 가뿐히 사라질 수 있을 것만 같았다. 컴컴한 하늘 한쪽으로.

한성의 가게에 처음 갔던 일이 생각났다. 매일 술에

찌들어 있던 치수를 한성은 자신의 이불 가게로 데려
갔다. 술을 마셔도 여기서 마시라 했다. 아무 데도 가
지 말라 했다. 치수는 한성의 말을 들었다. 가게 한쪽
에서 소주를 마시고, 한성을 붙들고 주정했다. 한성
은 그 주정을 받아주었다. 그렇게 지내다 조금씩 정신
이 깨어 있을 때면 한성의 일을 거들었다. 어머니는 치
수를 보러 가게로 왔다. 바짝 쪼그라든 어머니의 검은
얼굴을 보고 그는 깨어났다. 술에서 깨어났고 어리석
은 마음에서 깨어났다. 어머니는 죄가 없었다. 그 역시
죄가 없었다. 다만, 그렇게 태어났고 그렇게 살아 있
을 뿐이었다. 술을 조금씩 멀리하고 일에 재미를 붙이
며 치수는 조금씩 변해갔다. 이불을 사고파는 일은 정
직했다. 사람들은 이불이 필요했다. 자신의 가게를 내
고 삼십 년. 그 시간이 저 가게에 쌓여 있었다. 한자리
에서 삼십 년을 장사했다. 손으로 적은 장부에는 단
골손님의 명단과 연락처, 수금일과 금액이 빼곡히 적
혀 있었다. 창고에는 추석에 팔 새 이불들이 가득했
다. 장부가 다 타면 그 돈을 받을 수 없다. 이불이 다
타면 팔 수 없다. 불꽃 속에 타고 있는 건 돈이었고 삼
십 년의 시간이었다. 그가 눌러 쌓은 고독이었다. 미옥

이 아플 때도 그는 가게를 지켰다. 그래야 한다고 생각했다. 그것이 자신의 자리라 생각했다. 미옥과 자신의 시간도 저 속에서 타고 있었다.

쉼 없이 피어오르는 불길과 연기는 일그러진 그의 얼굴 같았다. 겉으로 웃고 있지만 공허하게 일그러뜨린 가슴속 검은 얼굴이 검붉게 뒤엉킨 불꽃과 연기 위로 고스란히 떠올랐다. 아버지에게 원망의 말 한번 내뱉지 못한 시커먼 침묵 같았다. 그리고 제발 나를 좀 내버려두라고 하루에도 몇 번씩 어머니에게 토해놓고 싶던 말이었다. 미옥의 맘을 알 것 같았다. 왜 벗어나고 싶은지, 다 늦게, 얼마 살날이 남지 않았을지도 모르는데 상대의 등에 칼을 꽂듯이 이혼을 요구하는지 그는 알았다.

다 알고 있기에 치수는 불길 가까이로 다가갔다. 그가 앞으로 걸어가자 경찰이 막아섰다. 그는 팔을 휘저으며 바닥에 주저앉았다. 몰려선 사람들이 까맣게 시야를 막고 서 있었다. 그는 일어날 힘이 없었다. 매캐한 연기에 눈이 아렸다. 눈을 질끈 감았다. 온통 암흑이었다.

못생겼지만
맛있는

예리는 늘 앉던 자리에 앉았다. 새하얀 이 인용 테이블이다. 실내는 화이트 톤이었고 그 위로 노란 조명이 떨어졌다. 주방을 바라보고 있는 긴 바, 그리고 사 인 테이블 하나와 이 인 테이블 세 개가 놓여 있었다. 비어 있으면서도 깔끔한 소품들이 심심치 않게 자리했다. 벽면에 걸린 붉은색 그림 아래 앉아 예리는 친구를 기다렸다. 토요일 저녁. 운이 좋았다. 미리 예약한 덕이다. 금요일에 월말 정산을 하느라 연구소에서 밤샘 작업을 하고 집에 들어와, 오후 두어 시가 되어서야 잠에서 깼다. 그녀는 일어나자마자 외출 준비를 해 이곳으로 왔다. 연구소에서 이곳으로, 금요일에서 토요일 저녁으로 그녀는 순간 이동을 한 것만 같았다. 예리는 친구를 대신해 미리 식사를 주문했다.

로마식으로 만들어낸 라구 뇨끼와 루꼴라 새우 오일 파스타, 무화과 꿀을 얹은 바질토마토 브루스케타. 메뉴를 읽는 것만으로도 벌써 머나먼 곳으로 떠나온 기분이 들었다. 이 이탈리안 레스토랑의 이름은 부르티 마부오니. 투박한 모양의 비스킷 이름이라고 하는데, '못생겼지만 맛있는'이라는 뜻이었다. 하얀 벽면이 감싼 이곳에서 따뜻한 조명을 받으며 앉아 있는 것만으로 그녀는 충분히 세련되고 여유 있는 사람이 된 기분이 들었다. 그녀는 이곳에 세 번째 왔다. 한 번은 그와, 한 번은 혼자, 그리고 오늘.

예리는 까맣고 윤기가 흐르는 머리를 까만 고무줄로 둥글게 말아 올려 묶었다. 끝이 말린 옆머리를 자연스럽게 귀 뒤에 꽂았다. 그녀가 휴대폰을 보려고 고개를 내릴 때마다 머리카락이 앞으로 조금씩 흘러내렸다. 가지런한 눈썹 아래로 쌍꺼풀이 없는 기름한 눈이 깜빡였다. 눈물이 잠깐 맺혔다 매끈한 턱 아래로 굴러떨어졌다. 그녀는 손등으로 쓱 닦아내고 초록색 이파리가 커다랗게 프린트된 베이지색 원피스의 허리 쪽 끈을 다시 묶었다.

너무 이른 프러포즈였다. 그는 이 가게에서 그녀에

게 결혼하자 했다. 그녀의 나이 스물셋, 그의 나이 서른둘이었다.

"야!"

생각에 잠겨 있던 그녀는 부산히 가게로 들어와 맞은편 자리에 앉는 친구의 부름에 고개를 들었다. 지은은 그녀와 같은 특성화고등학교를 졸업해 전문대학교에 입학했다. 예리가 계약을 연장하며, 삼 년 내내 연구소 행정팀에서 일하는 동안 지은은 이 년 과정의 패션디자인 학과를 졸업했다. 평소 옷을 좋아했던 지은은 부모님의 도움으로 다음 달에 옷 가게를 오픈할 예정이었다. 전체적으로 선이 가느다란 예리와 달리 지은은 통통했다. 발랄한 표정과 산뜻한 옷맵시가 눈길을 끌었다. 검은 기지 바지에 흰 남방, 에스닉 패턴이 들어간 조끼가 깔끔하면서도 경쾌하게 어우러졌다.

"너 얼굴이 왜 그래?"

시무룩한 표정을 하고 앉은 예리에게 지은은 앉자마자 퉁을 주었다. 예리는 어쩔 수 없다는 듯 웃었다.

"지겨워. 어제도 밤을 샜어."

월말이 되면 늘 일어나는 일이었다. 익숙해질 만도 한데, 매번 새삼스레 힘들었다. 갑자기 몰아닥치는 업

무들을 하나하나 끝마치는 일은 넘을 수 없는 산 앞에 서 있는 기분을 주었다. 지은은 더 이상 기다릴 수 없다는 듯이 재촉했다.

"야, 야, 어서 말 좀 해 봐."

"끝났어."

"어떻게?"

"어떻게는 뭐, 그냥 그만 보자 했지."

"순순히 그러겠대?"

예리는 고개를 끄덕였다. 엄마는 그녀에게 결혼을 하기에는 너무 어리다고 했다. 맞는 말이었다. 하지만 그녀는 안 된다는 이유가 그것뿐일까 싶었다. 그녀가 버는 돈의 반이 엄마 밑으로 들어갔다. 엄마는 늘 입버릇처럼 말하곤 했다. "니가 결혼할 때 다 쓸 돈이야."

예리의 남동생 다솔은 올해 열세 살이 되었고 학교에서 유도를 했다. 본인도 운동을 좋아했고 재능도 있었다. 엄마는 동생을 밀어주고 싶어 했고 운동에는 돈이 들었다. 아빠가 이불 가게를 오래 해서 집안이 그리 어렵지는 않는데 얼마 전 시장에 불이 나면서 이야기가 달라졌다. 돈 때문에 아빠와 엄마는 다투는 일이 잦아졌다.

예리가 여덟 살 때 아빠는 엄마와 재결합했고 이 년 뒤 다솔을 낳았다. 엄마는 서른여덟이었다. 아빠는 오십이었으니 아빠에게는 정말로 늦둥이였다. 다솔은 풀처럼 끈끈하게 그들 사이의 빈자리를 채워주었다. 아기의 꼬물거리는 손과 발을 보았을 때 예리는 안심했다. 아기가 남 같지 않았다. 꼭 혼자 남겨졌던 자신만 같았다. 그녀는 아직도 엄마를 이해할 수 없었다. 둘 사이에 어떤 문제가 있었는지는 모르겠지만, 아무리 그렇다 해도 어떻게 어린 자신을 두고 떠나갈 수 있었던 것인지 납득하기 어려웠다. 그렇다고 그것을 엄마에게 내색하지는 못했다. 예리에게 엄마는 냉담하고 멀리 있는 사람이었다. 엄마를 원망하는 마음보다는 낯설다는 느낌이 더했다. 어느 쪽에서도 서로에게 다가가기 위해 노력하지 않았다. 그때 떠나야만 했던 이유에 대해 변명이라도 해주었으면 좋겠다고 생각했지만 엄마는 입을 떼지 않았다. 딱 한 번 예리가 아빠에게 물은 적이 있었다. 엄마는 왜 떠난 거냐고. 아빠는 이렇게만 이야기했다. 엄마가 될 준비가 안 되어 있었다고. 그런데 왜 엄마가 된 거야? 아빠는 아무런 대답도 하지 않았다. 예리는 엄마가 왜 돌아왔는지도 묻고 싶었다. 하지만 예리는 알았다. 자신이 원하는 대답을 들을 수는 없을 거라는 걸. 그래서 아무에게도 묻지 않았다.

그녀는 엄마가 시키지 않아도 아기의 기저귀를 갈아주고 자주 안아 주었다. 아기는 무른 포도껍질처럼 예리의 가슴에 달라붙었다. 아기를 안고 있으면 허전하던 가슴 아래께가 따듯해졌다. 예리가 다솔을 잘 돌보아주고 사랑했기 때문인지, 엄마와 그녀 사이의 서먹함도 옅어졌다. 엄마는 예리를 어려워했지만 다솔에게는 달랐다. 다솔이 그들을 이어주었다. 예리는 엄마를 사랑할 수는 없었지만 다솔을 사랑하며 엄마와 동지애를 느꼈다.

음식이 나오고 예리와 지은은 휴대폰으로 사진을 찍고 인스타그램에 업로드했다. 이곳에 처음 온 지은은 가게도 음식도 너무 이쁘다며 소란을 떨었다. 하얀 배경에 잘 어울리는 베이지색 원피스를 차려입은 예리도 음식과 함께 찍었다. 예리가 싫다고 해도, 너무 잘 어울린다며 결국 그 사진도 인스타에 올려버렸다. 피로 때문에 조금은 파리해진 얼굴이 더 기름해 보였고, 지은의 말대로 원피스의 초록색 잎사귀와 예리의 정적인 얼굴이 흰 배경 위에 단정하게 떠오른 모습이 나쁘지 않았다. 사진을 본 예리는 지은에게 자기에게도 사진을 보내달라고 말했다. 그 말에 지은은 깔깔거렸다.

"야, 넌 어떻게 나랑 똑같이 먹어도 살이 안 찌냐?"

부럽다는 듯이 중얼거리며 지은은 브루스케타를 한입 물었다. 파삭거리는 소리와 함께 빵에 얹어진 토마토가 접시로 떨어졌다. 지은은 포크로 토마토를 찍어 입에 넣고 우물거렸다.

"맛은 있는데, 이거 먹고 배가 차려나 모르겠다, 야."

예리는 뇨끼를 포크로 찍어 입에 넣었다. 부드럽고 포슬포슬한 식감의 뇨끼가 입안에서 부서지며 고소한 맛을 냈다. 부드러움. 완전히 부서져 내 것이 되는 무엇. 그런 것이 존재한다는 게 좋았다. 일이 아무리 힘들어도 자신이 번 돈으로 그런 것을 사들일 수 있어 예리는 만족했다. 온전한 내 것이 있다는 거, 있을 수 있다는 걸 고등학교를 졸업하고 취업해 첫 월급을 타고서 알았다. 비록 그녀의 임금이 회사 내에서 가장 적은 것이라 해도, 그녀에겐 큰 돈이었다. 돈을 번 이후로 엄마는 조금은 예리를 달리 대했다. 용돈을 아껴 다솔에게 옷이나 신발 등을 사주는 것도 즐거움이었다. 다솔은 덩치가 큰 아빠를 닮았고 예리는 엄마를 쏙 빼닮았다. 예리는 다솔이 아빠의 다른 버전인 것만 같아, 볼 때마다 웃음이 나왔다. 요즘은 변성기가 와서 목소리도 걸걸해지고, 좀 컸다고 누나에게 숨기는 것이 많아져 서운했지만 그래도 예리는 다솔이 좋았다. 예리에게 아빠 다음으로 가까운 사람은, 다솔이었다.

"너는 결혼까지 하겠다더니 왜 그랬어?"

"음…… 모르겠어. 나도 잘."

일 년 정도 사귀었다. 처음으로 사귀어본 남자였다. 사내연애였다. 행정원인 그녀와 부서는 달랐다. 그는 연구원이었다. 벌이가 괜찮았고 집도 있었다. 괜찮은 조건이었다, 나이만 빼면. 말이 별로 없는 사람이었다. 그와 있으면 이 식당에 와 있는 것처럼 먼 곳으로 떠나가 있는 기분이 들었고, 실제로 멀리 많이도 다녔다. 지난 일 년 동안 인스타에 올라와 있는 사진들은 대부분 그가 찍어준 것들이다. 춘천, 통영, 여수, 진주, 동해, 서울, 제주도, 도쿄. 그녀는 그 사진들을 지우지 않았다. 그와 같이 찍은 사진은 없었고 모두 독사진이었다. 그러고 보니 그것도 이상했다. 굳이 감추려던 건 아니었는데, 그렇게 되었다.

"좋아했잖아?"

예린은 지은의 말에 뚱하게 그녀를 쳐다보았다.

"내가?"

"그래."

"그걸 니가 어떻게 알아?"

"야, 안 좋아하는 사람이랑 어떻게 그렇게 다니냐?"

맞는 말이었다. 그런데 그 사람의 부모님 집에 간 날, 예린는 온몸이 스멀거리는 불편한 느낌에 안절부절못했다. 그와 똑같이 생긴 그의 엄마를 보았을 때 숨이 턱 막혔다. 검은 안개가 자욱이 머릿속을 뒤덮는 느낌이었다. 그 사람과 춘천의 호수에서 보았던 그 안개.

도망가야 된다는 생각이 들었다. 갑자기 엄마의 얼굴이 떠올랐다. 자신이 채 돌도 되지 않았을 때 떠나버린 엄마. 다시 돌아왔지만 여전히 멀리 있는 엄마. 엄마와 여덟 살 때 마주한 순간이 떠올랐다. 차갑고 깊은 구멍. 엄마는, 눈앞에 다가와 앉은 그 순간에도 그녀에게만은 공백이었다. 비어버린 시간. 영원히 채울 수 없는 허공. 그 텅 빈 공허를 마주하고 살아야 한

다는 사실이 막막했다. 잊고 살았는데, 잊고 살고 싶
다 생각했는데 눈앞에 있으니, 그동안의 부재가 상기
되는 느낌이었다. 반갑고 안기고 싶은 마음보다는 두
려움이 먼저 피어올랐다. 엄마가 가장 필요할 때, 엄마
는 없었다. 다시 돌아왔다 해도 예리는 그것을 반가운
일이라 여기기 어려웠다. 예리는 여덟 살이었고 아빠
와의 삶에 익숙했다.

　그는 낙담했다. 자신이 뭘 잘못했냐고 했다. 결혼이
아직 이르다면 얼마든지 기다리겠다고 예리를 잡았
다. 그러나 예리는 더 이상 할 수가 없었다. 그를 만날
수 없었다. 그를 만날 때면 검은 안개가 따라왔다. 그
검은 안개는 어쩌면 비어버린 책임의 얼굴일지도 몰
랐다. 그녀는 자신의 엄마가 자주 무책임하다는 생각
을 했다. 그렇기에 '책임'이라는 말은 그녀에게 공포였
다. 자신 역시 그 무엇도 책임지고 싶지 않았고 책임
질 수 없을 것만 같았다.

　그가 일하는 센터와 예리가 일하는 행정실의 건물
이 다른 것은 다행이었다. 이별 이후 연구소에서 그가
그녀의 주변을 몇 번 얼쩡거린 게 전부였다. 어느 순
간부터 그는 보이지 않았다. 그녀는 안도하면서도 슬

폈다.

"돈은 그 사람이 다 쓰니까, 좋잖아."

예리는 맘에도 없는 말을 하고 파스타 면을 씹었다. 맞아, 그랬지. 그게 전부였어. 그녀는 불안했다. 초조하게 이마를 짚었다. 인스타그램은 그 후로 온통 음식 사진으로만 도배되었다.

"나도 좀 뜬금없다 했지. 그런데 왜 결혼하려고 했었어?"

"하자니까…… 그리고……"

"그리고 뭐?"

멀리 가고 싶었어. 떠나고 싶었다. 집을, 변화 없는 삶을. 의문을.

"나가고 싶었어."

"집을?"

"응."

"독립해. 벌어놓은 돈도 있겠다. 이제 꽤 모였겠네. 얼마나 모았어?"

예리는 고개를 저었다. 모른다고 하자 지은이 다시 또 물었다. 마지못해 예리가 대답했다.

"엄마가 관리해."

"달라고 해, 니 나이가 몇인데."

예리는 건성으로 그래 하며, 고개를 끄덕였다. 접시에 뇨끼는 다 사라지고 걸쭉한 라구 소스만 남았다. 예리는 아쉬운 마음에 포크로 소스만 자꾸 뒤적였다.

트렌치코트 앞섶으로 바람이 파고들었다. 예리는 지은과 차를 마시고 헤어졌다. 피로했다. 버스를 타고 내려 집까지 걸어가는 길이 멀게만 느껴졌다. 몇 달 사이 너무 많은 것이 변했고 순식간에 늙어 버린 기분이었다. 선선해지는 바람이 그녀 주위를 떠돌 때마다 누군가의 빈자리가 밟혔다. 무언가 처음부터 잘못되어 버린 것 같은 기분. 그럴 때마다 아빠가 있어 버텼다. 아빠는 크게 웃고, 크게 화내는 시끄러운 사람이었지만 예리에게만은 한없이 무른 땅 같아 기대고 기대도 끝이 없었다. 엄마가 떠나고 아빠는 한동안 가게도 나가지 않고 예리를 돌보았다. 예리를 이불 가게에 데려다놓기도 하고, 미옥 아줌마에게 예리를 맡겨두기도 했다. 아빠는 예리에게 아직 시집 못 보낸다, 했다. 결혼 이야기를 했을 때 그렇게 말하고 끝이었다.

미옥 아줌마는 잘 지내실까. 암 수술을 했다는 이

야기는 들었는데 요즘은 도통 뵙지를 못했다. 아줌마는 엄마가 다시 오기 전까지 예리를 돌보아주었다. 아줌마는 한 번씩 그녀를 목욕탕에 데리고 갔다. 그리고 유치원 소풍 날 김밥을 싸주었다. 아줌마가 싸주는 김밥은 고소하고 맛있었다. 소풍 날 김밥을 싸 갈 수 있다는 사실만으로 예리는 안도했다. 아줌마는 말수가 적고 표현을 잘 하지 않았지만 그 눈빛만은 늘 따뜻했다.

예리는 아줌마와 목욕탕에 가는 것도 좋아했다. 아줌마는 정성을 다해 예리를 씻겨주었다. 때를 미는 게 좀 아팠지만 예리는 아줌마한테 잘 보이고 싶어서 꾹 참았다. 아줌마와 함께 뜨거운 탕 속에 앉아 있는 게 좋아, 예리는 물이 뜨거운데도 나가지 않고 아줌마 곁에 붙어 있었다. 물속에 뽀얗게 가라앉은 길쭉한 다리와 허리, 팔과 어깨가 아름다웠고 예리의 몸과 닿을 때 피부는 비누처럼 매끄러웠다. 평소에 커다랗고 겁먹은 듯 보이는 아줌마의 눈이 그때만은 편안하게 풀어졌다.

예리는 늘 궁금했다. 아줌마는 무슨 생각을 할까. 아줌마는 나를 좋아할까. 그것을 확인하고 싶어 예리

는 계속 눈을 맞추고 실없이 웃었다. 그러면 아줌마는
따라 웃어주었다.

목욕을 하고 나오면 아줌마는 몸을 닦아주고 머리
를 말려주었다. 양갈래로 머리를 땋아놓고 비딱하지
않은지 자꾸 확인했다. 자신이 없었던 것이다. "아줌
마가 머리를 묶어준 적이 잘 없어서. 어때 괜찮니?" 여
러 번 확인했다. 목욕탕에 갈 때마다 아줌마는 말했다.
"예리가 정말 많이 컸구나. 아장아장 처음 걸은 게 어
제 같은데." 아줌마는 아빠 외에 예리의 어린 모습을
정성스럽게 기억하는 유일한 사람이었다. 아줌마는 아
들이 둘이나 있었지만 그래도 예리를 귀찮아하지 않
았다. 큰오빠는 초등학생이었고 작은오빠는 유치원에
다녔다. 아줌마는 딸이 갖고 싶었다고 했다. 예리는 아
줌마 집에 머물다가 아빠와 함께 집으로 갔다. 아줌마
집에 가면 무서운 할머니가 있었는데 그것만 빼면 다
좋았다. 아줌마는 할머니 눈치를 봤다. 아줌마는 예리
가 있어서 다행이라는 말을 종종했다. 예리가 있으면
큰오빠나 작은오빠가 집에 올 때까지 할머니와 단 둘
이 있지 않아도 되었으니까. 오빠들은 예리와 잘 놀아
주었다. 할머니는 대놓고 예리를 싫어했지만 예리는

아줌마를 볼 수 있다면 다 참을 수 있었다.

예리는 아줌마가 자신의 엄마였으면 했다. 오빠들의 손을 잡고 아줌마가 시장을 지나갈 때면 예리는 가슴 한쪽이 부서지는 기분이었다. 오빠들이 괜히 미웠다. 엄마가 돌아오고 나서도 예리는 시장에 가면 아줌마 가게에 들렀다. 아줌마가 있는 날도 있고 아저씨만 있는 날도 있었다. 예리가 가면 아줌마는 같이 나가 호떡을 사주었다. 두 손으로 뺨을 쓸어내리고 눈을 마주치며 웃을 때 그녀는 아줌마야말로 말 없는 천사라고 생각했다. 엄마가 오고 아줌마에게 맡겨지는 일은 더 이상 없었다. 그래서 그녀는 엄마가 온 것이 싫었다.

돌아가시지는 않겠지. 갑자기 더럭 겁이 났다. 아줌마의 전화번호는 알지 못했다. 재연이불집의 전화번호는 저장되어 있었다. 전화를 걸어볼까 하다가 그만두었다. 연락하지 않은 지 너무 오래되었다.

오래된 오 층짜리 그린맨션 정문 안으로 들어서며 아차 싶었다. 햄버거라도 사 올 걸 그랬나. 누군가 어두운 놀이터에서 걸어 나왔다. 다솔이었다. 다솔은 그새 부쩍 키가 컸다. 아디다스 트레이닝복을 아래위로 맞춰 입은 다솔은 중학생이라 해도 될 정도로 커 보였다.

"누나! 뭐야, 뭐야, 어디 갔다 왔어?"

예리의 한쪽 팔을 감아 들어오며 묻는 목소리에 응석이 가득했다. 다솔의 어깨동무에 순간 예리의 몸이 휘청했다. 다솔은 계속 툴툴거렸다. 방에 있는 줄 알았는데 말도 않고 어디를 다녀왔냐고.

"저녁은 먹었어?"

"응."

"뭐라도 좀 사줄까?"

"아니, 배불러. 라면 먹음."

둘은 가로등 불빛이 드리운 놀이터 벤치에 나란히 앉았다.

"엄마는?"

"집에."

다솔은 혼잣말로 뭔가 구시렁거렸다. 시장에 불이 난 이후로 집안 분위기는 대체로 가라앉아 있었다. 시장에서 한 블록 떨어진 빌딩에 피해 상인들이 새롭게 가게를 오픈했지만 예전 같지 않다고 했다.

"운동은 할 만해?"

"지겨워."

예리는 다솔의 얼굴을 물끄러미 보았다. 덩치만 컸지 아직 아이의 얼굴이었다. 예리는 신기했다. 얼핏 보면 아빠와 똑같아도 다솔의 얼굴에는 아빠와 엄마의 얼굴이 모두 들어 있었다. 예리는 손을 뻗어 다솔의 빡빡머리를 손으로 훑었다.

"내일은 그래도 연습이 없어."

다솔의 얼굴이 순간 확 밝아졌다. 예리도 덩달아 웃음이 나왔다. 예리는 알 것 같았다. 이 집을 떠나고 싶다 생각하면서도 아직 갈 수 없는 이유. 다솔 때문이었다. 다솔이 언젠가 예리를 잊는대도, 언제고 그 옆에 있고 싶었다. 다솔의 얼굴에 남은 어린 티에 예리는 안도했다. 다솔의 손을 잡고 다솔의 어깨에 머리를 기대었다.

"피곤하다 야."

놀이터 가로등 불빛 아래서 예리는 그렇게 잠깐 졸았다.

두 사람이 집에 들어섰을 때 엄마와 아빠가 안방에서 다투는 소리가 흘러나왔다.

"그냥 우선 여기서 버텨보자."

"시장에서 뚝 떨어진 여기에 누가 찾아와. 오늘도 개미 새끼 한 마리 얼씬 안 했잖아. 이러다 다 망해. 여보, 우리 시장 가까운 데 가게 열어야 해. 가게 다시 열자. 여기 자리 났을 때 들어가야지, 금방 놓쳐. 이만한 자리가 없다니까."

"돈이 어디 있어?"

"진짜로 답답하네, 있지 왜 없어? 자식 돈이 우리 돈이지 뭐야?"

"그게 무슨 소리야?"

아빠가 안방 문을 쾅 닫고 밖으로 나왔다. 예리와 다솔은 현관에 어정쩡하게 서 있었다. 그는 멍한 얼굴로 둘을 봤다.

아빠는 둘을 지나쳐 밖으로 나갔다. 엄마는 기척이 없었다. 예리와 다솔은 말없이 각자 자기 방으로 들어갔다. 예리는 편한 옷으로 갈아입고 책상 앞에 앉았다. 엄마와 얼굴을 마주할 일이 두려웠다. 그녀는 슬그머니 방문을 열고 거실에 아무도 없는 걸 확인한 후 밖으로 나왔다. 휴대폰만 달랑 들고 나서는 길이었다. 아빠는 불 켜진 놀이터 벤치에 앉아 담배를 피우고 있었다. 백색 가로등 불빛에 얼굴이 파리해 보였다. 미간의 주름이 깊었다. 살집이 좋아 늘 남들보다 젊어 보이는 편이었는데 빛에 드러난 얼굴은 지치고 노쇠한 느낌을 주었다. 면도하지 않은 뺨은 푸석했고 눈자위는 불그레했다. 언제나 웃음 짓던 입은 무표정하게 굳어 있었다. 연기가 그의 주변을 감싸고돌았다. 예리는 그의 옆에 앉았다. 그가 처연하게 미소 지으며 예리를 보았다.

"아빠 난 괜찮아."

그는 다시 고개를 숙인 채 타들어가는 담뱃불만 바라보았다.

"불이 났잖아. 불이 난 거잖아."

"그래, 불이 났지."

"걱정 마. 돈이야 또 벌면 되니까."

그는 깊이 한숨을 내쉬었다. 담배연기가 코로 나오며 서늘한 공기 중으로 흩어졌다. 가로등 불빛에 두 사람의 그림자가 길게 늘어졌다. 예리는 그 냄새가 좋았다. 아빠의 숨 냄새. 헤어진 그 남자에게서도 아빠의 냄새가 났다. 그도 담배를 피웠다.

아빠는 예리의 손을 꼭 잡았다가 놓았다. 예리는 희

미하게 웃었다.

　예리가 집 안으로 들어가자 날카로운 목소리가 들렸다. "어디 갔다 오는 거니." 엄마가 소파에 앉아 있었다. "바람 쐬러요." 그녀는 슬쩍 다솔의 방으로 들어갔다. 다솔은 불을 켜둔 채 침대에서 코를 골며 잠들어 있었다. 동그랗고 흰 얼굴이 꼭 뇨끼 반죽 같았다. 작은 눈에 들창코. 이마에는 여드름이 울긋불긋했다. 잘생겼다고 하기 어려운 얼굴이지만 귀염성 있었다. 입을 헤 벌리고 잠든 다솔을 보며 예리는 중얼거렸다. 부르티마부오니, 못생겼지만 맛있는. 조용히 불을 끄고 문을 닫으며 나가는 그녀의 얼굴에 미소가 어렸다.

안개의
말

　　온통 안개였다. 아직 사위는 어둑했다. 미
옥은 기차역 앞에 서서, 주변 상가를 감싸며 내려앉은
희끔한 안개를 내려다보았다. 여기가 어디인지 알지
못하는 어리둥절한 얼굴이었다. 그녀는 기차역에서
밤을 새우고 막 밖으로 나선 참이었다.

　어젯밤, 미옥은 열두 시가 좀 못 되어 역에 도착했
다. 법륜사로 들어가기에는 너무 늦은 시간이었다. 기
차역 대합실 의자에 앉아 그녀는 '타는 곳' 입구에 고
여 있는 어둠을 내내 노려보았다. 어둠은 좀처럼 가
시지 않았다. 그녀의 인생에 어둠은 배경이자 주인공
이었다. 어디서부터 잘못된 걸까, 늘 가늠해보지만 시
작점은 없었다. 물속에 발을 담그는 순간은 있을지언
정 발의 어디부터 물이 닿았다는 정확한 가늠이 서지

않듯이 그것은 시작이자 끝이었고 진행형이었다. 여전히. 시어머니가 돌아가시면 끝날 줄 알았던 지긋지긋한 칼날의 끝은 그녀의 내면에 도사리고 앉아 끊임없이 잔소리를 늘어놓았다. 니가 잘못되었다. 모두 니탓이다. 니가 들어온 게 잘못이다. 내가 아픈 건 너 때문이다. 너도 죽을병에 걸릴 거다. 나는 지금 죽지만 너도 곧 죽을 거다. 시어머니의 악담은 그녀의 몸에 남아 병을 키웠다. 그녀는 집요한 미움의 원인을 자기 자신에게서 찾으려 애썼다. 무엇을 잘못했을까. 또 어떤 실수를 했을까. 하지만 머지않아 깨달았다. 원인의 자리에는 아득한 무(無)만 있었다.

점차 날이 밝아왔다. 안개는 새벽빛을 받아 푸르스름하게 빛났다. 미옥은 서늘한 새벽 공기를 마시며 탁하게 고여 있던 숨을 내뱉었다. 헉, 하고 신음이 흘러나왔다. 집을 벗어나 이 새벽을 만나러 왔다. 집은 온통 어둠이었다. 그녀는 안개를 헤치며 걸었다. 회색 겨울 법복을 입고 커다란 배낭을 멨다. 산은 이른 가을에도 겨울의 추위를 품고 있었다. 그녀는 새벽을 지나 겨울을 만나러 가는 중이었다. 둘째 아들이 배낭여행 때 사서 한 번 쓰고 내팽개쳐둔 커다란 배낭에, 기도

할 때 쓸 방석과 잘 때 덮을 담요를 넣었다.

오 분 정도 걸어 버스정류장으로 갔다. 그곳에 앉아 여느 때와 같이 첫차를 기다렸다. 그녀는 늘 이곳으로 도망쳤다. 남편의 부정을 알고 나서도, 시어머니가 돌아가시고 지독한 우울증을 앓을 때도 이 버스정류장에 앉아 첫차를 기다렸다. 그 차를 타고 이쪽이 아닌 저쪽으로 건너가 이쪽 편의 자신을 남처럼 바라보았다. 물 건너, 진득거리는 어둠에 시달리는 그녀가 있었다. 그런데 저쪽의 자신을 건너다보면서 아무런 도움도 주지 못했다. 그저 바라볼 뿐이었고 돌아가면 다시 또 시작이었다. 그 반복 끝에 그녀는 죽음의 지척까지 다가와 앉았다. 수술 자리의 통증이 전신으로 퍼지며 오한이 느껴졌다. 비쩍 마른 몸을, 솜을 누빈 커다란 법복으로 감싸고 있었음에도 바람은 송곳같이 그녀의 몸을 뚫고 지나갔다. 위암이었다. 위의 삼분의 이를 잘라냈다. 아주 조금 먹고도 그녀의 몸은 살아 움직였다. 몸이 너무 가벼워 무거운 배낭과 묵직한 법복이 오히려 그녀를 붙들어주는 느낌이었다.

미옥은 도로 저쪽을 바라보았다. 짙은 안개 속을 뚫고 버스 한 대가 달려오고 있었다.

미옥은 버스에서 내려 매표소 쪽으로 걸었다. 절까지는 매표소를 지나 십여 분 정도 걸어야 했다. 느티나무 터널이 안개 너머로 펼쳐졌다. 군데군데 누렇게 물든 잎들이 보였지만 그래도 푸른 잎들이 제법 남아 있었다. 길 왼쪽은 사과나무밭이었다. 한바탕 수확을 끝내고 난 사과밭에는 뒤늦은 사과 알이 드문드문 보였다. 안개 사이로 언뜻언뜻 스치는 붉은빛에 그녀는 한 번씩 걸음을 멈추고 사과밭 쪽으로 고개를 돌렸다.

짙은 안개는 날이 밝아올수록 흰빛을 띠었다. 두툼한 솜을 깔아놓은 듯했다. 그 속을 헤치고 가는 일은 힘겨웠다. 마치, 안개가 그녀의 몸을 뒤로 밀어내는 듯해 자주 걸음을 멈추고 숨을 골랐다. 그녀의 발목을 붙잡는 건 안개만이 아니었다. 남편의 원망하는 눈길이 그녀를 붙들었다. "간다고?" 그는 허탈하게 웃었다. "독하네." 이불 가게가 불타지만 않았어도 이렇게까지 마음이 무겁지는 않았을 것이다. 그녀는 마음을 이미 정했다. 이혼을 해야만 한다고 생각했다. 다 늙어버렸지만, 새 출발의 기약도 묘연했지만 그를 떨쳐내면 이 악몽도 끝나리라 여겼다.

새로운 길을 걸어가고 싶었다. 그들이 어지럽혀 놓은 길이 아닌 완전히 새로운 길이어야만 했다.

그런데 시장에 불이 났고 가게는 사라졌다. 팔지 못하고 불타버린 이불의 대금을 치러야 했고, 장부가 타버려 그동안 외상으로 팔았던 이불의 값은 받지 못했다. 보험은 없었다. 불이 자주 나는 재래시장이라 보험사에서는 계약을 꺼렸고 보험료는 터무니없이 비쌌다. 대부분의 상인들은 화재보험에 들지 못했다. 남편도 그중의 하나였다. 상인회에서 든 보험이 있었지만 건물에 대한 보상만 가능했다. 워낙 노후한 건물이라 그것도 피해 금액에 비하면 턱없이 적었다. 건물을 복구하면 다시 가게를 열 기회가 주어질지도 모른다는 게 유일한 희망이었다.

모아둔 돈이 아예 없지는 않았다. 처음 마음으로 다시 시작한다면 못 할 것도 없었다. 시에서 임시로 마련한 상가를 빌려준다고 했는데 남편은 가게를 열 마음이 없는지 알아보지도 않는 모양이었다. 고향에는 그의 명의로 된 선산도 있었다. 그녀의 눈에는 그가 주저앉아버린 것도 엄살처럼 보였다. 술을 다시 마시기 위한 핑계. 불이 난 이후, 그는 다시 술을 마시며 세상으로부터 달아나려 했다.

그는 그녀에게 빈정거렸다. 일이 이 지경이 되었는데도 이혼 타령이냐고, 독하다고.

그렇다. 일이 이 지경이 되었다. 그렇다고 그것이 그녀의 탓은 아니었다. 그의 탓도 아니었다. 다만, 그리되었을 뿐이었다. 사과가 붉어져 떨어지듯이. 그런데도 그녀는 불이 난 후 주저앉아버린 남편 앞에서 다시금 망설이게 되었다. 정말 이혼을 해야 할까. 이혼하면 해결이 될까. 아이들은. 재연과 재석, 남편을 똑같이 닮은 두 아들은 이혼을 어떻게 받아들일까.

푸드덕.

멧비둘기 한 쌍이 그녀의 눈앞으로 튀어 올랐다. 앞으로 가지도 뒤돌아 가지도 못한 채 멈추어 서서 그녀는 멍하니 안개 낀 느티나무 길을 바라보았다. 가만히 넋을 놓고 있다가 잠시 후 차가운 공기를 들이마시고 내뱉으며 걸었다. 이렇게 흐리멍덩한 자신이 너무나 싫었다. 배낭을 꼭 쥐었다. 항암치료도, 수술도 이 생각 하나로 버텼다. 살아난다면 이혼하리라, 이 질긴 인연의 매듭을 손수 끊어내리라. 얼굴이 검어지고 머리카락이 빠지고 피부가 벗겨지고 살이 빠지고……

죽음의 지척에서 그녀는 더욱 간절해졌다. 그리고 살아남았다. 살아남은 자신을 위해서 해줄 수 있는 가장 간절한 일이 바로 이혼이었다.

그런데 무엇 때문에 더 망설이고 있는가.

안개 끝에 계단이 나왔다. 계단은 정적에 감싸여 있었다. 그녀는 한 발 한 발 내디디며 위로 오르기 시작했다. 계단 끝, 단청을 입힌 처마와 함께 정갈한 마당이 눈에 들어왔다. 그녀는 힘겹게 계단을 디디고 올라섰다.

안전하다, 이제. 이 절에 들어설 때마다 그녀가 느끼는 감정이었다. 시어머니가 살아 있던 시절, 집을 나와 길을 나설 때야 그렇다 치고, 시어머니가 세상을 떠나버린 지금에도 왜 이런 감정을 느끼는지는 그녀 스스로도 잘 이해가 가지 않았다. 남편 때문인가. 그것도 아니라면 그녀가 사로잡힌 건 도대체 무엇일까, 그녀는 스스로에게 되물었다. 그들이 아니라면 도대체 왜?

관광객이 드나드는 대웅전 뒤쪽으로 십여 분 걸어 올라가면 현대식 건물이 하나 나왔다. 기와를 얹은 삼층짜리 건물이었다. 미옥이 머무는 숙소는 그 건물 삼

층에 자리했다. 일 층과 이 층에 비구니들이, 삼 층에
는 일반인들이 머물렀다. 모두 여자였다. 여자들만 받
아주는 곳이었다. 여자들은 이곳에 며칠씩, 몇 달씩 머
물며 잠을 자고 기도를 했다. 기도처에는 일정한 시간
표가 있어 모두가 그 시간표를 따라 움직였다.

그녀는 아침 공양을 하고 올라와 청소를 거들었다.
청소 시간이 끝난 뒤에는 짧은 휴식 시간이 있었다.

미옥은 청소가 끝나고 창가에 서서 밖을 바라보았
다. 건물은 숲에 외따로 떨어져 있었다. 창밖으로는
온통 나무들이 우거져 새소리며 바람소리가 들려왔
다. 자신이 헤치고 온 그 무거운 안개는 흔적도 없었
다. 맑은 날이었다. 사실 그녀는 기도보다 이곳에서
창밖을 바라보는 것이 더 좋았다. 창밖으로 울긋불긋
한 단풍이 펼쳐졌다. 가을볕을 받아 닦아놓은 색유리
처럼 잎사귀가 반짝였다. 그녀는 아프고부터 이 세상
이 그 자체로 눈부시게 아름답다는 걸 깨달았다. 선악
도 미추도 없이 모두 아름다웠다.

삼 층의 기도하는 방은 널찍한 온돌 바닥에 군데군
데 둥근 기둥이 있는 것이 다였다. 부처상도 없었다.
미옥이 가방을 둔 곳은 창가 기둥 옆이었다. 밤을 새

운 터라 그녀는 머리가 무거웠다. 그녀는 기둥 옆으로 가서 기대앉았다. 사람들은 들어오는 문 맞은편 벽을 바라보고 기도를 했다. 기도 시간이 되어 저마다 각자의 방법으로 기도하는 모습도 볼 만했다. 그녀는 이곳에 오면 기도를 멈추고 사람들을 바라보며 시간을 보낼 때가 많았다. 이곳에 오는 이들은 저마다 조금씩은 불구였다. 몸이든 마음이든 앓고 있으나 두 발로 걸어 이곳까지 올 힘은 그래도 남은 이들이었다. 그 상처를 몰래 훔쳐보며 위안 삼는 이들도 꽤 있을 터였다. 상처가 당연해지는 곳, 그래서 자기 자신이 더없이 멀쩡하게 느껴지는 곳이 바로 이곳이었다.

뒤늦게 한 여자가 들어와 그녀의 옆쪽에 가방을 부려놓았다. 연보라색 개량한복 바지와 저고리를 입고, 까만 파마머리를 하나로 묶은 모습이 정갈했다. 고왔다. 세상 어려움 없이 산 사람처럼 피부에 광이 나고 턱선은 부드러웠다. 눈가의 주름이 그리 짧지 않은 세월을 말해주었으나 혈색이 참 좋은 이구나 생각했다. 남자처럼 짧고 숱 없는 자신의 머리카락을 감추고 싶었다. 답답하다고 내던지고 와버린 모자가 아쉬웠다.

가방을 놓고 앉아 주변을 두리번거리던 여자와 눈

이 마주쳤다. 여자가 미옥에게 활짝 웃어 보였다.

"아침 드셨어요? 저는 밥 때문에 여기 온다니까요.
절밥이 최고예요."

여자는 그렇지 않냐는 듯이 눈빛으로 동의를 구했
다. 미옥은 여자가 혼잣말처럼 중얼거리는 말에 대답
도 못 하고 우물쭈물 고개만 주억거렸다. 여자는 이내
자기 가방을 뒤지더니 약과를 꺼냈다. 미옥에게 하나
를 주었다. 한 손은 호주머니에 넣은 채였다. 미옥은
얼결에 약과를 받았다. 그녀는 아픈 뒤로 군것질은
좀처럼 하지 않았는데 여자가 약과를 맛있게 먹는 모
습에 저도 모르게 침이 고였다. 약과를 꺼내 한입 물
자 입안에서 약과가 부스러졌다. 고소하고 달착지근
했다.

"먹을 만하죠?"

여자는 눈웃음을 보이며 미옥에게 말했다. 내내 무
표정하던 미옥은 여자를 따라 미소 지었다. 웃으려니
입꼬리가 자연스럽게 올라가지 않았다. 그녀는 괜히
얼굴을 손으로 훑고는 한입 물고 난 약과를 가방에
넣었다.

"역시 여기서 또 만나네요. 기차역에서 같이 택시 타

자고 물어보려고 했더니, 먼저 가셨는지 안 보이시더라고요."

　미옥은 고개를 끄덕였다. 그녀는 아무도 보지 못했는데 누군가 자신을 보았다고 하니 이상한 기분이 들었다. 여자의 눈에 자신이 어떻게 비쳤을까. 깡마른 산송장. 갑자기 얼굴이 붉어져 미옥은 고개를 떨어뜨렸다. 여자는 미옥과 더 이야기를 나누고 싶은 듯했지만 그녀는 금세 피곤해졌다. 준비해 온 방석과 담요를 꺼내 여자를 등진 채로 몸을 뉘었다. 바닥은 따뜻했다. 굳었던 몸이 노곤하게 풀려갔다. 기도 시간이 되기 전까지 잠깐 눈을 붙일 요량이었다. 잠은 무섭게 달려들어 이내 그녀의 의식을 꺼뜨려버렸다. 어둠에 삼켜지는 느낌이 들어 잠이 들 때마다 그녀는 소름이 돋곤 했다. 다시는 깨어나지 못할까 두려웠다. 그래도 이곳에선 혼자가 아니었다. 사람들의 소란이 그녀를 편안하게 해주었다. 그녀는 가느다란 숨을 찬찬히 들이쉬고 내쉬었다.

　누군가 그녀의 어깨를 흔들었다.

　"일어나세요. 기도 시간이에요."

　미옥은 억지로 눈을 떴다. 눈꺼풀이 무거웠다. 여자

가 웃으며 미옥을 바라보았다. 미옥은 이상했다. 여자의 친절과 웃음이 이상하다고 생각했다. 언제 봤다고 나를 보며 저렇게 웃나. 미옥이 한 번도 본 적이 없는 웃음이었다. 남편에게서도 돌아가신 시어머니에게서도 본 적이 없는 웃음. 아니 아이들이 어릴 적에 그녀를 보고 저렇게 웃었다. 갑자기 눈물이 핑 돌려 해 미옥은 얼른 몸을 일으켰다.

"고마워요."

기어들어가는 목소리로 미옥이 말했다. 이미 사람들은 기도에 몰입해 있었다. 경전을 펼쳐놓기도 하고 염주를 돌리기도 했다. 모두 한 방향으로 절을 하거나 일어선 채로, 무릎을 꿇거나 편안하게 앉은 채로 중얼중얼 경을 외거나 혹은 침묵했다. 감은 눈으로 무엇을 보고 있나 미옥은 궁금했다. 그것이 늘 궁금했다. 눈을 감고 있는 이들은 눈을 감은 채로 무어든 보고 있는 셈이었다. 자신이 그러했듯이. 눈을 감으면 시어머니와 남편의 얼굴이 떠나지 않았다. 가장 미워하는 두 사람이 늘 그녀를 쫓아다녔다. 그래서 그녀는 입으로 중얼중얼 관세음보살을 외웠다. 제발 나를 떠나시오 하는 마음으로. 방석을 놓고 절을 하며 그녀는 다시금 두려움에 사로잡혔다. 시어머니가 비웃었다. 그래봤자 너는 나를 못 떠나. 이혼, 이혼 좋아하시네. 너는 죽어서도 나를 모실 거다. 미옥은 진저리쳤다. 대자대비한 부처님 저를 용서하십시오. 그들을 용서하십시오. 이 인연의 과보를 모두 씻어주십시오. 그녀는 속으로 되뇌고 또 되뇌었다.

아홉 번 절을 하고 미옥은 숨을 몰아쉬며 기둥에 기대앉았다. 그녀는 늘 기둥 앞에 방석을 깔았다. 쉬 지쳐서 등을 기대고 기도할 때가 많았다. 대각선 방향으로 그 여자가 절을 하는 것이 눈에 들어왔다. 입성도 곱고, 편안해 보이는데 무슨 근심이 있어 이런 곳까지 왔을까. 미옥은 찬찬히 여자를 훑었다. 덩치가 작은 여자였다. 그때 미옥은 아 하고 신음을 흘렸다. 여자의 오른손은 힘없이 흐물거렸고 손가락들은 오그라들어 있었다. 마치 손목 끝에 빈 장갑을 붙여놓은 모양이었다. 손이 불편했구나. 미옥은 시선을 돌렸다. 기도하는 사람들의 뒤통수를 바라보았다. 그것을 본 것만으로도 미안한 마음이 들었다. 여자는 부지런히 절을 하고 있었다. 고운 모습 그대로.

아침 기도 시간이 끝나고 점심 공양 시간이 되었다.

건물 앞마당 컨테이너로 지은 간이식당에 사람들이 줄을 서서 식판에 밥을 펐다. 미옥은 아주 조금씩만 담았다. 여자가 다가왔다.

"그것만 먹고 어찌 산대요?"

여자는 처음과 다름없이 활짝 웃었지만 미옥은 마주 보지 못하고 고개를 숙였다.

"속이 안 좋아서요."

둘은 컨테이너 밖 천막 아래, 플라스틱 식탁에 마주 앉아 밥을 먹었다. 미옥의 밥이 훨씬 적었지만 먹는 시간은 둘이 비슷했다. 그녀는 천천히 밥을 씹었다. 그런 모습을 여자는 신기하다는 듯이 바라보았다. 여자는 왼손으로 젓가락질을 했다. 오른손은 호주머니에 내내 들어가 있었다.

여자가 미옥에게 물었다.

"무슨 띠세요?"

"용띠."

"저보다 언니네요. 저는 양띠예요. 언니라고 불러도 되죠?"

미옥은 고개를 끄덕였다. 그녀의 이름은 혜순이었다. 붙임성이 좋은 사람이었다. 그렇다고 과하지도 않왔다. 그녀는 안심했다. 성가시지 않은 누군가, 편안한 누군가가 옆에 있어준다면 한결 머물기 편할 것이다.

둘은 조용히 밥을 먹었다. 혜순이 먼저 숟가락을 놓더니 하늘을 쳐다보며 말했다.

"가을 하늘이 정말 맑네요."

두 사람은 잠시 말없이 하늘을 바라보았다. 붉어진 벚나무 잎사귀 하나가 식탁 위로 톡 하고 떨어졌다. 가을볕이 반짝이며 그 잎을 비추었다. 달가닥거리며 식판을 긁는 소리가 연신 들려왔다. 모두들 열심히 공양 중이었다. 일신은 그렇게 매일매일 텅 비어 무언가를 채워주지 않으면 안 되었다. 그것 자체가 업이었다. 매일 쌓이는 죄였다. 그럼에도 그들은 채워도 채워도 매일, 매일 허전했다.

기도하고 먹고 자는 시간이 하루하루 이어졌다. 겨우 이 주가 지났지만 아주 오랜 시간이 흐른 것만 같았다. 미옥은 왠지 모르게 초조해졌다. 영영 돌아가지 않겠다는 맘으로, 최대한 머물 예정이었다. 이왕이면 겨울을 넘기고 싶었다. 하지만 집으로 한 번은 돌아가야 했다. 짐도 정리하고 이혼 절차도 밟아야 했다. 애들에게 말하지도 못했다. 그 모든 과정이 번거롭게 여겨져 계속 미루고 미루어 여기까지 왔다. 남편이 비협조적인 것도 문제였다. 남편을 어떻게 설득시켜야 하나 고민이었다.

밤이 늦도록 사람들은 기도를 했다. 밤 열 시부터 새벽 세 시 이십 분까지가 밤 기도 시간이었다. 창밖에는 가을비가 내리고 있었다. 비바람이 웅웅거리며 창문을 두드렸다. 사람들은 기도하거나, 한쪽에 웅크리고 잠이 들었다. 미옥은 지쳐서 곯아떨어졌다. 창가 기둥 옆에 비쩍 마른 몸을 한껏 웅크렸다. 그런 미옥을 혜순이 흔들었다.

"전화 왔어요, 언니."

배낭 속에서 휴대폰 진동음이 들렸다. 새벽 한 시였다. 누구지. 전화할 이가 없는데. 그녀는 전화를 받고 싶지 않았다. 하지만 휴대폰은 지칠 줄 모르고 울렸다. 재석. 둘째였다.

-엄마 집에 언제 와?

-…….

-아빠가 며칠째 집에 안 들어와. 전화도 안 받고. 계속 술만 마시더니…… 엄마 듣고 있어?

－…….

－엄마!

－…….

－아빠 찾아봐야 하는 거 아냐?

－끊자. 기도 중이다.

미옥은 휴대폰을 끊었다. 휴대폰이 계속 울리자 전원을 꺼버렸다. 혜순이 의아하게 바라보았다. 사람들의 기도 소리가 천장으로 솟아올랐다. 그녀는 고개를 떨구었다. 숨을 멈추고 자신의 발끝만 바라봤다. 술을 마시다 사고라도 난 것인가. 자살이라도 했나. 그러나 그럴 위인은 못 되었다. 자신보다 남편이 먼저 죽을 수도 있다고 생각해본 적이 없었다. 불이 난 게 그렇게 큰 충격이었던 모양이다. 아니면 오랫동안 참아온 무언가를 이번 화재로 놓아버린 것일지도. 미옥은 당했다는 생각이 들었다. 자기가 숨은 것보다, 더 잘 숨었고, 더 감쪽같이 사라져버렸으니 선수를 친 셈이었다. 그녀는 깊은 한숨을 내쉬었다.

그녀는 일 층으로 내려갔다. 밤공기가 차가웠다. 미옥은 솜을 누빈 법복 상의 앞섶을 여몄다. 일 층 처마 아래 서서 비바람이 치는 어둠 속을 내다보았다. 좀 걷고 싶었지만 우산이 없어 밖으로 나갈 수가 없었다. 우산이 있대도 비바람이 거셌다. 처마 밑으로 떨어지는 빗소리가 머릿속을 텅텅 울리는 듯했다. 시원스러운 소리였다. 죽비로 내려치는 소리 같았다.

잠시 후 혜순이 일 층으로 내려와 물었다.

"언니, 추운데 여기서 뭐해요?"

"답답해서요."

"무슨 일 있어요?"

미옥은 잠시 말이 없었다.

"남편이 집에 안 들어온다고 하네요."

"연락도 없구요?"

"그런가 봐요."

연락이 없었다. 술을 또 얼마나 마시고 있는 것일까. 그 버릇을 버린 줄 알았는데 아니었다. 결혼하기 전에도 그는 술을 많이 마셨다. 다행히 이불 가게를 차리게 된 이후로 그는 죽을 듯이 술 마시는 일을 멈췄다. 그런데 다시 또 시작된 것이다.

어디 가서 술을 마시고 있을 게 뻔했다. 그래도 죽지는 않을 거다. 그렇게 지금까지 살아왔으니까, 이제 와서 죽지는 않을 거다. 죽음은, 그리 쉽지도 더디지도 않았다. 미옥은 자신이 곧 죽을 줄 알았지만 수술 덕인지 지금까지 살았다. 죽음을 생각하면 살갑기도 하고, 한겨울 툇마루에 발을 디딘 듯이 선뜩하기도 했다.

시어머니는 남편이 며칠씩 들어오지 않으면 미옥을 들들 볶았다. 미옥은 그가 갈 만한 곳을 죄다 뒤졌고, 며칠이 걸려 찾아낸 남편을 집으로 데리고 들어오곤 했다.

"그만하고 싶어요."

"뭘요?"

"결혼."

"이혼하게요?"

미옥은 고개를 끄덕였다. 혜순은 그런 미옥의 옆얼굴을 물끄러미 보다가 한참 빗소리를 들으며 침묵을 지킨 뒤에 말했다.

"우리 남편은 구 년 전에 죽었어요. 혼자되고 얼마나 많이 울었는지 몰라요. 마지막에는 나를 지독하게 괴롭혔지만, 없는 거보다 있는 게 낫더라고요."

혜순의 남편은 교통사고로 하반신이 마비되고 오 년을 앓고 갔다고 했다. 그 오 년 동안 온갖 성질을 다 부렸다고. 원래는 과묵하지만 사려 깊은 사람이었는데 아프고부터는 고약한 악취를 풍기는 것처럼 시비를 걸고 그녀를 못살게 굴었다고 혜순은 말했다.

"살면 얼마나 살겠어요."

미옥은 혜순의 말에 기가 차서 헛웃음을 웃으며 내뱉었다.

"혜순 씨. 혜순 씨에게는 그 오 년이 아니라, 그전의 시간이 있었던 거잖아요."

웃음을 멈춘 미옥의 얼굴이 일그러졌다.

"나는요. 없어요. 그 사람이랑, 좋았던 적이 없었다고요. 단 한 순간도."

혜순은 더는 아무 말도 하지 못하고 입을 다물었다.

"내가 아팠을 때, 그 사람은 없었어요. 내가 젊고 아름다웠을 때도 그 사람은 없었어요. 아니 있었지요. 그 사람과 나 사이에는 그 사람의 엄마가 있었죠. 아세요? 시어머니가 얼마나 지긋지긋하게 나를 미워했는지…… 미움받아 본 적 있어요? 집요하고, 열렬하게."

미옥은 그 말을 하며 열을 식히려는 듯이 빗속으로 손을 뻗었다. 차가운 비가 손등을 때렸다. 불빛에 손등이 번들거렸다.

"사라졌는데, 그 미움만 남아서 나를 자꾸 괴롭혀

요. 나에게 시어머니는 아직도 생생하게 살아 있는 사람이에요."

"남편은…… 뭐라고 하던가요?"

"남편은 몰라요. 끝까지 모르고 알려고 하지도 않죠. 아무도 나를 보호해주지 않았어요."

갑갑했다. 미옥은 한 걸음 밖으로 나갔다. 처마 아래쪽으로. 비가 떨어지는 곳으로. 차가운 비가 이마와 얼굴을 후려쳤다. 정신이 번쩍 들었다. 가슴이, 시원했다. 혜순이 미옥의 팔을 잡고 안으로 당겼다.

"다 내려놓아야, 언니가 좀 편해지죠."

"맞아요. 나도 좀 편해지려고, 그래요."

"이혼한다고…… 달라질까요?"

"알아요. 죽어야만 끝나는 일이라는 거. 죽어야만 끝나는 일이라는 걸 아니까, 죽을 수는 없으니까, 이혼이라도 하려는 거죠."

미옥의 목소리가 떨렸다. 속에서 솟구치는 화에 그녀 스스로 화들짝 놀랐다. 자기가 내내 그 두 사람에게 화나 있었음을, 그 화가 암보다 무섭게 자신을 사로잡고 있었음을 새삼 깨달았다.

"아무리 기도를 해도 안 돼요. 벗어날 수가 없어요."

번개가 번쩍였다. 혜순의 얼굴이 밝아졌다가 어두워졌다가 형광등처럼 깜빡였다. 순한 얼굴이었다. 괴로움이 없는 얼굴이었다.

"언니, 멀지 않았어요. 이제 우리는 늙었잖아요."

"알아요. 나는 죽다가 살아난 사람이잖아요. 아니, 이미 죽은 거나 마찬가지인지도. 그런데, 그런데도 사라지지 않는 게 있어요. 삶이 희미해질수록 괴로움은 깊어지니까요."

혜순의 말이 맞는지도 몰랐다. 그녀의 말대로 지금 이 순간 미옥의 곁에 바짝 다가와 앉은 건, 남편도 시어머니도 아닌 죽음이었다. 까만 죽음이 비바람을 몰고 와 그녀를 뒤흔들었다.

"두 아들이 있잖아요, 언니. 결국, 그런 거 아니겠어요? 그 미움 속에서도 지켜내야만 했던 건 아이들이었잖아요."

재연과 재석의 얼굴이 눈앞을 스치고 지나갔다. 좀 전에 전화를 끊은 재석의 생생한 음성이 귓가에 아직 남아 있었다. 그 둘은 살아 있고, 남편은 그 둘의 아버지였다.

"이혼한다고 끊어지는 인연이 아니에요."

미옥은 저도 모르게 고개를 끄덕이며 중얼거렸다. "이혼한다고 끊어질 인연이 아니지, 죽는다고 끊어질 인연이 아니지……." 눈물이 주르륵 흘러내렸다. 아플 때도 울지 않던, 울지 못했던 미옥이었다. 그녀는 손을 들어 눈물을 닦았다. 손은 차가웠다. 손은 눈물과 빗물로 척척했다. 눈물은 안개 같았다. 촉촉하고 가볍고, 뺨을 간질였다. 눈물은 따뜻했고 빗물은 차가웠다. 미옥은 아마 울고 싶었던 모양이었다. 누군가 자신을 울려주기를 바랐다. 백번 경을 외는 것보다 한 번 우는 것이 나았다. 미옥은 쪼그리고 앉아 처마에 떨어지는 빗줄기를 바라보며 엉엉 울기 시작했다. 혜순은 미옥의 곁에 앉아 저도 같이 눈물을 흘리며 등을 쓰다듬어 주었다. 밤은 어둡고 빗소리는 크고 울음은 더 컸다.

미옥과 혜순은 아침 공양도 거르고 늦게까지 잤다. 미옥이 눈을 떴을 때는 아침 기도가 시작될 무렵이었다. 그녀는 잠들어 있던 혜순을 흔들어 깨웠다. 혜순의 오른손이 힘없이 흔들렸다. 기능을 잃은 손은 털 없는 생쥐 같기도 했다. 미옥은 그 손을 볼 때마다 속으로 놀라곤 했다. 아무리 보아도 익숙해지지 않는 모습이었다. 작고 쪼글쪼글한 손가락이 흉했다. 차라리 장갑으로라도 가리는 것이 낫지 않을까 싶었다. 그런 손을 가진다면 어떤 기분이 들까. 혜순이 깨어나자 미옥은 그녀의 손에서 눈길을 거두었다.

둘은 밖으로 나가 조금 걸었다. 비가 그쳐 하늘은 맑았고 공기는 차가웠다. 간밤의 비에 단풍이 떨어져 마당을 한가득 덮었다. 혜순이 건네준 약과를 씹으며 미옥은 속이 맑아졌다고 느꼈다. 모든 것이 명료했다. 우선은 돌아가야 한다는 생각이 들었다. 아이들이 있는 가정은, 그의 것이 아니라 그녀의 것이었다. 남편의 문제를 애들에게만 맡겨둘 수는 없었다. 그를 찾으러 다닐 생각에 피로가 몰려왔다. 피하고 싶었지만, 재석이 혼자서는 찾기 어려울 거였다. 아들 혼자 그런 일을 감당하게 하고 싶지는 않았다. 그를 찾아야, 모든 것을 정리할 수 있었다. 그를 찾은 다음, 미옥은 집을 떠나 홀로 길을 나설 작정이었다. 남편뿐만 아니라, 아이들도 놓아야 한다는 걸 그녀는 뒤늦게 깨달았다. 그 모든 것으로부터 벗어나 자유롭게, 고독 속으로 걸어 들어가리라.

"아들한테는 연락 안 해보세요?"

미옥은 해야지요 하며, 고개를 끄덕였다. 전화를 일방적으로 끊었으니 재석은 미옥의 연락을 기다리고 있을 것이다. 미옥은 조심스럽게 말을 꺼냈다.

"손은 어쩌다……."

"태어날 때부터요. 그런데 부모님이 참 고맙게도, 괜찮다, 좀 불편할 뿐이다라고 나에게 말해주곤 했어요. 그래서 정말 괜찮았어요. 친구들이 놀려도, 좀 불편해도. 근데, 남들은 아닌가 봐요. 보기 좀 그렇죠?"

미옥은 아니라고 부정하면서도 속마음을 들켜버려 뜨끔했다.

"그래도 이 손으로 자식 다 키우고, 남편도 돌봤는걸요."

혜순의 얼굴에 자랑스러움이 묻어났다.

"애들이 몇이에요?"

"딸 둘이에요. 둘 다 시집가서 잘 살아요. 저 할머니예요. 얼마 전에 큰딸이 손녀를 낳았거든요."

혜순은 행복한 얼굴로 휴대폰에 저장된 손녀 사진을 보여주었다.

"애들이 결혼하고, 손자 손녀 낳으면 둘의 관계도 좀 달라질 거예요. 다들 조금이라도 좋아지더라고요.

아, 우리 그이도 얼마나 좋아했을지, 우리 현이를 봤
으면."

미옥은 혜순이 부러웠다. 부러운 눈으로 그녀의 오
른손을 바라보았다. 사랑해주었다면, 사랑받았다면
다 괜찮은 건데, 사랑받지 못해서 미옥은 자신이 불구
같았다. 그런데 지금은 괜찮다는 생각이 들었다.

괜찮았다. 남편이 미옥을 사랑하지 않았어도, 시어
머니가 미옥을 미워했어도 그것은 상관없는 일이라는
생각이 들었다. 그들과 무관하게 미옥은 소중한 존재
였다. 그리고 그녀는 혼자였다.

"나 내일 가요. 고마웠어요, 그동안. 그리고 어제는
미안했어요."

"아니에요, 언니…… 꼭 연락 주세요."

혜순은 자신의 휴대폰에 왼손으로 미옥의 휴대폰
번호를 꼭꼭 눌러 저장시켰다. "놀러 갈게요." 미옥은
혜순의 이 말을 믿고 싶었다. 가슴 한쪽이 따뜻해졌
다. 미옥은 살아 있으니까 두려움보다는 사랑이 더 그
리웠다.

햇살이
내려와

열려진 창으로 석류나무가 내다보였다. 석류나무 이파리가 노랬다. 검은 가지 위에 노란빛이 돌올했다. 시월도 얼마 남지 않았다. 조금 지나면 잎사귀가 듬성듬성해지고 마지막 노란빛도 죄다 사라질 것이었다. 기연은 일 년 내내 석류나무를 바라보았다. 연두빛 첫 잎이 날 때, 잎사귀가 반질반질 짙어질 때, 그리고 주홍빛 꽃봉오리가 올라와 서서히 벌어질 때, 첫 열매가 맺힐 때 거실에 난 창으로 오늘과 같이 석류나무를 오래 바라보았다. 아침에 일어나 제 얼굴을 보듯이, 그리고 가을이면 열매를 비틀어 땄다. 제 마음에 맺힌 것들을 거두어들이듯이.

시월 초에 땄던 석류들이 창틀에 나란했다. 따로 돌보지 않아서인지 석류는 마냥 붉기만 하지는 않았다.

붉고 반질반질한 것도 있었지만 어떤 것들은 누르스
름하고 거칠었다. 하나는 공중에서 썩어버렸다. 그녀
는 혼자서 나무 위로 올라갔다. 석류를 비틀어 따고
나서 당겼던 가지를 놓을 때마다 잎들이 우수수 떨어
졌다. 석류는 가을볕에 반짝였다. 그녀의 이마는 금세
달아올랐다. 나무 아래 석류가 쌓였다. 나무는 휑하
게 가벼워졌다. 석류를 다 따고 나무에서 내려와 바구
니에 담았다. 나무는 삐죽하게 키만 커 부실해 보였는
데 석류는 단단했다. 거름 한 번 주지 못한 나무에게
미안했다. 하늘은 쨍하게 파랬다. 벌어진 석류 하나를
까서 입에 털어 넣었다. 투명한 붉은빛, 입안 가득 달
콤한 향이 번졌고 끝에는 떫은맛이 남았다.

　석류를 땄던 몇 주 전의 일이 아득하게 멀었다. 꿈속
의 일만 같았다. 어지럼증은 갈수록 심해졌다. 지금은
나무에 올라갈 엄두가 나지 않았다. 어지럼증이 일어
나면 머릿속이 하얘지며 몸은 균형을 잃었다. 원인불
명이었다. 그녀는 두려웠다. 자신의 몸에서 무슨 일이
일어나고 있는지 알 수가 없었다.

　기연은 소파에서 일어나며 창틀에 놓여 있던 석류
를 하나 집어 들었다. 석류를 바라보고 있으니, 그것

을 그리고 싶어졌다. 얼마 전 주선이 화구를 선물한 이후로 마음이 복잡해질 때마다 그림을 그리곤 했다. 그녀는 작은 방으로 들어가 이젤 앞에 앉았다. 이젤 위에는 캔버스가 하나 놓여 있었다. 그녀는 이젤 옆에 놓아둔 의자에 석류를 내려놓았다. 연필을 쥐고 석류를 따라 그리기 시작했다. 의자 위의 석류는 작은 주먹처럼 보였다. 작고 붉은, 우는 얼굴 같아 보이기도 했다. 붉은색에 노랑을 섞어 색을 칠했다. 열매 비슷한 것이 되었다. 기연은 조금 웃었다. 그림을 그리고 있노라면 두통도 어지럼증도 조금 나아졌다. 이제 그녀는 잠이 오지 않는 밤이면 캔버스 앞에 앉았다.

석류를 그리다 말고 다시 거실로 나왔다. 손에 유화 물감을 묻힌 채로 소파에 누웠다. 눈을 감았다. 어지럼증이 이는 머릿속이 휑했다. 해는 서서히 기울고 실내는 서늘했다. 길어진 빛이 어둑해진 거실에 드리워졌다. 오늘도 아무 일도 일어나지 않았다. 하루가 그대로 저물었다. 쓸쓸한 안도가 밀려왔다. 저녁을 준비해야 했다. 탁자에 놓인 휴대폰을 꺼내 들었다.

그는, 어떻게 지낼까. 그의 일방적인 카톡이 끊어진 지 한 달이 지났다. 아무런 연락이 없으니 더 자주 휴대폰을 들여다보게 되었다. 그가 다녀가고 며칠 뒤 그의 이불 가게가 있는 시장에 큰불이 났다. 그의 가게는 괜찮을까. 그녀는 휴대폰을 들고 그와의 채팅방을 들여다보았다. 몇 자 끼적이다가 지워버렸다. 손에 휴대폰을 쥔 채로 깜빡 잠이 들었다. 눈을 떠보니 사방이 캄캄했다. 화들짝 놀라 주변을 둘러봤다. 아무도 없었다.

남편에게 전화를 했다. 동창회가 있어 늦는다고 했다. 그녀는 이제 화도 나지 않았다. 남편은 먼저 전화해주는 법이 없었다. 알겠다며 별 대수롭지 않게 전화를 끊었지만 헛헛함이 밀려드는 건 어쩔 수가 없었다.

그녀는 소파에 도로 누웠다. 움직이고 싶지 않았다. 아무것도 하고 싶지 않았다. 이대로 가만히 죽고만 싶었다. 소리들이 들려왔다. 옆집 개 짖는 소리, 사람들 목소리, 밥하는 소리. 멀리서 들려오는 차 지나가는 소리. 그녀는 완전히 혼자였다. 어둠 속으로 그 작은 소리들처럼 자신 역시 조용하게 떠내려가고 있는 기분이었다.

그의 얼굴과 목소리가 떠올랐다. 자신을 바라보던, 힘없이 처진 눈시울과 슬픔에 잠긴 눈동자가 떠올랐다. 낮은 목소리가 귓속으로 흘러들었다.

　괜찮으신 거죠?

　카톡을 보내자, 그에게서 바로 전화가 왔다. 그녀는
당황해서 휴대폰을 꺼버렸다. 그러고는 잠시 후 다시
걸었다.

　-왜 전화를 끊어요?

　그는 웃었다. 아무렇지도 않게, 그동안 아무 일도
없었다는 듯이.

　-……가게는 괜찮나요?

　그는 깊이 한숨을 쉬었다.

　-아니요.

　그녀는 아무 말도 할 수가 없었다. 잠시 후 그녀가
물었다.

　-어디세요?

　-밖이요.

　-뭐하세요?

　-술 먹어요.

　-어딘데요?

　-……왜요?

　-그리로 갈게요.

-아니, 아니요.

그는 한숨을 내쉬었다. 그가 공원으로 오겠다고 했다. 왜 한숨을 쉬는 걸까. 저 한숨의 의미는 뭘까. 택시타고 오세요, 운전하지 말고. 그는 대답 없이 끊었다.

삼십 분 뒤, 기연과 치수는 공원 앞에서 만났다. 그는 말라 보였다. 얼굴빛이 검어지고 표정이 어두웠다. 짙은 술 냄새와 담배 냄새가 풍겼다. 두 사람은 말없이 막걸리 집으로 들어갔다.

그가 막걸리를 양은그릇에 따라주었다. 그녀는 그릇에 채워진 누르스름한 막걸리를 가만히 내려다보고 있었다. 자신이 먼저 만나자 해놓고도 그와 마주 앉아 있다는 사실이 믿기지 않았다.

"웬일로, 카톡을 다 했어요?"

그의 말에 그제야 그녀는 고개를 들어 그를 마주 봤다. 그는 아무렇지도 않게 웃고 있었다. 염색을 하지 않아 하얗게 센 머리가 이마 위로 길게 내려왔다. 이발도 못 했는지 머리카락이 귀를 덮고 있었다.

"그냥 좀…… 걱정이 돼서요."

그녀는 괜히 양은그릇을 들었다가 놓으며 시선을

피했다. 그는 가라앉은 목소리로 입을 열었다.

"모든 게 멈췄어요."

그는 그날의 불꽃을 바라보고 있는 듯 멍한 눈이었다.

"봤어요. 그 커다란 입을."

그의 얼굴은 담담했지만 목소리는 떨리고 있었다.

"내가 저기 있어야 한다는 생각이 들었어요. 불속에…… 사라져야 하는 건, 내 가게가 아니라 나였어요."

"왜요?"

"형편없으니까요. 실패했으니까요."

그는 막걸리를 마셨다. 그녀는 실패라는 말을 생각했다. 그녀도 실패에 대해 자주 생각했다. 성공해본 적도 없지만, 그대로 실패가 되어버린 삶. 공허한 관계에 매달려 하루하루를 이어가는 삶. 그 누구를 원망할수도 없었다. 그 삶을 선택한 것은 자신이었고, 또 그선택 이외의 다른 방법도 없었다. 인생은 급격히 끝을 향해 달려갔다. 더 이상의 선택도 꿈도 없이. 하루하루 쇠락해가는 자신을 바라보는 것은 공허했다. 그끝을 알 수 없는 공허는 헤어날 수 없는 검은 덫 같았다. 거기에 모든 것이 걸려들었다. 지난 시간들이 기억의 가느다란 금을 이어가며 간신히 매달려 있었다. 파삭거리며 쪼그라드는 그것이 사라질까 그녀는 조마조마했다. 그래서 매일매일 기억을 되새김질했다. 그 기억이 사라질까 봐. 금덩어리에 윤을 내듯이. 그러면 그것은 헛것처럼 빛났다. 마치 진짜인 듯이. 어쩌면, 이 낯선 남자 역시 마찬가지이겠지. 헛것 중에 헛것, 기연 자신이 지어낸 가장 과감한 거짓말. 그것의 정체가 드러나려 하는 이 순간이 두려워 그녀는 그에게서 달아나려 했던 것인지도 몰랐다.

"술을 다시 마시기 시작했어요. 매일매일, 지금까지."

그가 걸친 얇은 회색 점퍼에는 검은 얼룩이 묻어 있었다. 면도를 하지 않은 턱에는 희고 까칠한 수염이 돋았다. 턱 아래쪽에 거뭇한 피딱지가 보였다. 소년처럼 해맑던 얼굴은 사라졌다. 다시는 펴지지 않을 것처럼 그의 얼굴은 구겨져 있었다.

"나도 마찬가지예요."

"뭐가요?"

"나도 실패했어요. 그리고…… 이것도 실패겠죠. 우

리가 마주 앉아 있는 거."

"이게요?"

그가 고개를 저으며 막걸리를 따라 마셨다.

"우습잖아요. 이게 뭔가요. 당신은 술에 취해 있고……"

"미안해요. 술을 마셔서. 정말로 미안해요."

기연은 망설이다가 자기 앞에 놓인 양은그릇을 들었다. 술은 시고도 달았다. 부드럽게 넘어갔다. 빈속이 술로 채워졌다. 갑자기 깊은 허기가 몰려왔다.

"밥은요?"

"술이 밥이죠."

그는 웃었다. 그의 웃음은 찢어진 포대에서 쏟아져 나오는 쌀처럼 흰빛이었다. 표정을 지우는 웃음이었다. 그 웃음만은 그대로였다. 그녀는 깊은 한숨을 속으로 삼키며 밥과 알탕을 주문했다. 그는 조용히 막걸리를 마셨다. 마치 그것밖에 할 일이 없다는 듯이. 잠시 후 주문한 밥이 나왔고 그녀가 먼저 수저를 들었다. 그는 그런 그녀를 보고만 있었다.

"먹어요."

"됐어요. 술이면 돼요."

"먹으라고요." 그녀는 짜증을 내며, 새 숟가락을 들어 밥공기의 뚜껑을 열고 밥을 한 숟가락 펐다. 그러고는 그의 손에 그 숟가락을 쥐여주었다. 그는 한숨을 쉬었다. 할 수 없다는 듯 조금 미소 짓고는 밥을 입에 넣었다. 마지못해 밥을 씹어 삼켰다. 얼굴을 잔뜩 찌푸린 채로. 흙을 씹고 있는 표정이었다. 그녀도 입에 밥을 떠 넣었다. 밥은 푸석했다. 그래도 허기 때문인지 밥이 달았다. 알탕은 뜨겁고 짰다. 푹 익은 알은 고소했다. 그도 천천히 수저질을 했다. 그 모습에 그녀는 조금 안도했다.

"고향이 어디세요?"

"청도요."

그는 뜨거운 알탕을 한 숟가락 떠서 입에 넣었다.

"엄마랑 둘이 살았어요. 아버지는 일본에 살았고요. 명절 때만 청도에 왔어요."

그녀는 자신이 그에 대해서 아무것도 알지 못한다는 걸 새삼 깨달았다. 그가 몇 살인지도 몰랐다.

"몇 살이에요?"

"예순. 올해 예순이에요. 기연 씨는요?"

"쉰일곱이요. 저보다 어린가 했는데 아니네요."

"그럴 리가요."

그가 또 웃었다.

"기연 씨는 고향이 어디예요?"

"동해요. 저희 집은 바닷가에 있었어요. 해변이라서 하루 종일 바다가 보이고, 파도 소리가 들렸어요."

"좋았겠네요."

"좋았죠. 좋았어요."

"부모님은……?"

"돌아가셨죠. 오래된 일이에요."

"형제가 어떻게 돼요?"

"저 혼자예요. 형제가……?"

"저도, 혼자예요."

둘은 잠시 말없이 서로를 보았다.

"그 집은 어떻게 되었나요?"

"아직 있어요. 거기 그대로."

"누가 사나요?"

"아니요. 그대로 비어 있고, 팔지는 않았어요."

"다행이네요."

"그렇죠. 다행이죠."

그는 밥을 먹다 말고 다시 막걸리를 마시기 시작

했다.

"나는…… 살면서 단 한 번도 내가 좋았던 적이 없었어요."

기연은 밥공기 너머 놓여 있는 그의 붉어진 손을 물끄러미 보다가, 손을 뻗었다. 그 손은 뜨거웠고 사람의 손이 아니라 알탕의 뚝배기나 밥이 가득 차 있던 밥공기처럼 단단하게 그 자리를 지키고 있었다. 스테인리스로 된 둥근 테이블은 차가웠고 그 위에 놓인 두 사람의 손은 따뜻했다. 술이 주는 열기인지, 꺼져가던 어떤 정체 모를 불씨가 다시 살아난 것인지 아니면 그날 그의 모든 것을 삼켜버린 불꽃인지, 알 수 없는 것이 거기 있었다.

이 자리에 그와 마주하고 있어서는 안 되었다. 두 사람 사이에는 아무것도 있어서는 안 되었다. 그것이 주홍의 꽃이건 연보라의 잎사귀건 진분홍의 이슬이건 아무것도, 아무것도 생겨나서는 안 되는 것이었다. 그 싹을 눌러버리거나 지워버리거나 날려버리려 했지만 그녀는 자신이 철저히 실패했다는 것을 깨달았다. 그 손을 차마 놓아버릴 수가 없어 그녀는 혼자 속으로 조용히 진저리쳤다. 그녀의 몸, 아무것도 없는 자리에

검게 썩은 무언가가 둥글고 단단하게 응어리진 기분
이었다. 그건…… 수치였다. 그것은 꽃처럼 단단하게
뭉쳐졌다가 부풀어 오르며 터져버렸다. 둥글게 둥글
게 피어오르며 허공을 채워버렸다. 그것이 향기를 풍
기는지 악취를 풍기는지 기연은 알 수 없었다. 아무런
냄새도 맡을 수가 없었다.

"이불을 정리하고, 새 이불을 들여오고…… 사람들
을 만나서 이불을 팔고…… 그곳에서만은 내가 아닌
척할 수 있었어요. 거기서는 나를 조금 좋아할 수 있
었는데, 이제 다 소용없어졌네요."

"다시 시작하면 되잖아요? 가게를 새로 열고 이불을
사고…… 예전처럼요."

"아니요. 아니요, 이제 글렀어요."

그는 고개를 저었다.

"왜요?"

"소용없다는 걸 알았어요. 그래봤자 나는 형편없는
인간이에요."

그는 그녀의 손을 잡은 채로 말이 없었다. 깊은 생
각에 잠긴 듯 시선은 먼 곳에 있었다.

"나는…… 단 한 번도 아버지의 손을 잡아본 적이

없어요."

"아버지는 살아계세요?"

"모르겠어요."

"언제 마지막으로 봤는데요?"

"글쎄요. 열아홉이었나."

그는 시무룩한 얼굴이 되었다. 그는 술잔을 들었고 기연이 손을 놓으려 하자 그녀의 손을 붙들었다. 고개를 들고 검은 눈으로 그녀를 가만히 바라보았다. 너는 누구냐고 묻는 눈빛이었다. 무구하게 어린아이처럼 당신이 왜 여기 있냐고 묻는 눈빛이었다. 그 눈빛을 마주하고 있으면 모든 일이 용서되는 기분이었다. 자기 자신조차도. 단단하게 걸리던 것들은 죄다 사라져버리고, 다시 또 오직 그와 그녀 자신만이 남았다. 세상이 지워졌다. 쓸쓸한 두 사람을 배경으로 로드 맥컨의 목소리가 흐르는 듯했다. 우리의 잘잘못을 덮어줄 햇살 그득한 그 시절을…… 과연 아직도 자신에게 그런 시절이 남아 있는가 하고 기연은 반문했다. 햇살이 존재하는가. 남아 있기나 한 것인가 하고.

"아내는 나를 싫어해요. 어머니는 지독하게 나를 사랑했죠. 아내와 나 사이에는 언제나 어머니가 있었죠.

어머니가 돌아가시고서 나는 깨달았어요. 이 세상에서 이제 나를 사랑하는 사람은 아무도 없구나. 어머니의 사랑이 나에게 독이었는지 생명줄이었는지 이제는 잘 모르겠어요. 나는 그냥…… 무기력했어요."

치수는 기연의 손을 놓아주었다. 그녀는 땀이 밴 손을 가만히 무릎 위에 올렸다. 그가 말했다.

"이제 당신은 나를 싫어할 거예요."

기연은 어지러웠다. 그녀는 알 수 없었다. 아무것도.

"싫어하지 않아요."

그는 막걸리를 더 시켰다. 그의 얼굴이 붉어졌다. 눈은 충혈되었다. 술에 취한 그는 조금 화가 난 것처럼도 보였고, 버려진 것처럼도 보였다.

"왜 나를 피했어요?"

"모르겠어요…… 겁이 났어요."

"지금은요?"

"지금도요."

그는 입을 다물었다. 그의 다문 입을 바라보다가 그녀는 천천히 말하기 시작했다.

"아버지는 우울한 남자였어요. 배를 탔는데, 사고 이후로는 배를 타지 못했죠. 집에서는 하루 종일 파도 소리가 들렸어요. 일어나서 한지가 발린 나무문을 밀면 햇살이 가득 부서지는 바다가 보였어요. 바다 위로 햇살이 파도처럼 밀려다녔어요. 그 빛이 가슴 가득 밀려드는 아침이면, 나는 내가 뭐든지 할 수 있고 뭐든지 될 수 있을 줄 알았어요. 해변에 한꺼번에 내려앉는 갈매기처럼 날 수 있다고 믿었어요. 그것이 꿈이 아니라 실제인 것처럼요. 그런데 아버지는 햇살에 넋이 나간 나에게 말하곤 했어요. 눈을 거둬라. 눈이 멀기 전에. 고개를 숙여라. 곧 밤이 온다. 아버지의 목소리는 음울하고, 그 말은 늘 같은 것이었죠. 모든 것이 아버지의 말대로 되었다는 걸, 아버지의 말이 맞았다는 걸, 이제 알겠어요. 햇살은 환영이죠. 그 배경은 언제나 어둠뿐."

"예쁘네요."

"뭐가요?"

"햇살이요. 바다 위로 부서졌다는, 그 햇살요."

"우리는, 이대로 늙을 거예요. 자식들을 바라보면서. 이건 모두 환영 같은 거고. 그리고 당신도 나도 죽을 거예요."

"그건 분명하군요."

그는 아버지의 그 슬픈 얼굴을 하고 한없이 내려앉은 입으로 술을 마셨다. 그에게서 아버지의 냄새가 났다. 시간이 흘러가고 밤이 깊어갔다. 기연은 생각했다. 어디로 가야 할지, 어디로 갈 수 있을지 모르겠다고. 감은 눈으로 붉고 흰 빛들이 떠다녔다. 저것은 햇살인가, 취기인가. 나와 마주한 이 남자는 누구인가. 한없이 나약하고 포악한 길을 잃은 짐승. 밖은…… 겨울이었다.

치수와 헤어지고 기연은 주선에게 전화를 걸었다. 주선은 별말 없이 차를 끌고 와주었다. 기연이 아무말도 않자 주선은 아무것도 묻지 않았다. 주선은 기연을 집 앞에 내려줬다. 남편이 먼저 집에 와 있었다.

"어디 갔다 왔어?"

"주선이 만났어."

"술 마셨어?"

"조금."

"아주, 신났구먼, 신났어."

남편은 혀를 끌끌 찼다. 냉랭한 남편의 얼굴을 바라보는데 기연은 묘한 친밀감을 느꼈다. 습관이 된 사람, 나를 불안하게 하지 않는 사람. 좋은 사람은 아니었지만 언제나 예상 가능한 사람이었다. 기연은 남편을 보며 안도하는 스스로가 딱했다. 그러나 어쩔 수 없는 관성이었다. 그녀는 그렇게 그의 울타리 안에서 살아왔던 것이다. 그 안에 무엇이 있었든 간에 말이다. 뱀과 어둠과 그리고 빛이 뒤엉킨 그 울타리 안에 아이와 가정이 함께 존재했다. 남편은 이제 더 이상 한 개인이나 한 남자가 아니라 하나의 추상이 되어 있었다.

아주 멀리 다녀온 기분이었다.

그날 저녁의 모든 일들이 꿈처럼 아련했다. 벌써 십일월 말이었다. 그 이후 치수에게서는 아무런 연락이 없었다. 그의 휴대폰은 꺼져 있었다. 처음에는 서운했다. 그런데 휴대폰이 계속 꺼져 있자 기연은 걱정이 되기 시작했다. 지난주, 공원을 산책하다가 그와 비슷한 사람을 보았다. 아닐 거라는 생각에 외면했다가, 맞을 수도 있겠다 싶어 다시 돌아갔지만 이미 그는 사라진 후였다. 그날 이후 기연은 그가 죽었을지도 모른다는 생각에 사로잡혔다. 그녀의 상상 속 그는 연못으로 걸어 들어가거나 불꽃 속으로 사라졌다.

그러던 어느 날 치수의 아내로부터 연락이 왔다. 그녀는 겁이 나면서도 한편으로는 그 전화가 반가웠다. 그의 소식을 들을 수도 있겠다 싶었다. 하지만 미옥은 도리어 그가 어디 있는지 아느냐고 물었다. 치수의 휴대폰을 술집에서 찾았고 마지막 통화자가 기연이었다. 기연이 그를 공원에서 본 것 같다고 하자 미옥은 그곳에 함께 가달라고 부탁했다.

기연과 미옥, 두 사람은 마주 앉아 말이 없었다. 콜라 속 얼음이 녹아갔다. 집 앞 패스트푸드점에서 보자고 말한 건 기연이었다. 미옥이 먼저 말을 꺼냈다.

"나와주셔서 고마워요."

무슨 말을 해야 할까. 기연은 차가운 컵을 들어 콜라를 한 모금 삼켰다. 목이 따가웠다. 막상 이렇게 마주하고 있으니 미옥의 시선이 부담스럽고 불편했다. 가게에서 잠깐 스친 이후로 그녀를 보는 것은 처음이었다. 여전히 말랐지만 짧은 흰 머리카락 아래 미옥의 두 눈은 맑고 차분해 보였다. 가게에서 처음 보았을 때는 없던 단단한 기운이 느껴졌다. 기연이 아무 말도 하지 못하고 있자 미옥이 물었다.

"혹시 그날 별다른 말은 없었을까요?"

기연은 얼굴이 화끈거렸다. 괜히 얼굴이 붉어졌다. 대답 대신 그녀는 미옥의 얼굴을 건너다보았다. 젊은 시절 꽤나 미인이었겠다는 생각이 들었다. 커다란 눈, 큰 키. 목이 길고 선이 고왔다. 머리숱은 별로 없고 피부는 까칠했지만 그래도 예전보다 얼굴에 살이 붙은 느낌이었다.

"그냥, 좀 낙담한 거 같았어요. 술을 많이 마셨고요."

모든 걸 그대로 말할 수는 없었다. 그와 함께한 시간들은 그 누구에게도 들키고 싶지 않았다. 그것이 누구이든.

그날 기연과 치수는 술집에서 나와 어두운 공원을 걸었다. 술에 취한 치수는 조금씩 비틀거렸다. 비틀거리는 그를 붙잡으려다 보니 손을 잡게 되었다. 다행히 손을 잡고 걸을 정도는 되었다. 시월의 공원은 서늘하고도 따스했다. 가을 냄새가 났다. 가을이 깊어지자 날은 쌀쌀해졌지만 가끔 볕이 따뜻한 날도 있었다. 그런 늦은 저녁이었다. 트렌치코트를 벗고 걸어도 될 만큼의 시원함. 비틀대는 그와 공원을 걷다가 연못 옆 스탠드에 나란히 앉았다. 그가 담배를 피워 물었다.

라이터 불이 자꾸 꺼져서 기연이 라이터로 담배에 불을 붙여주었다. 연기가 피어올랐다. 하얗고 맑은 연기였다. 어둠 속에서 가로등 불빛을 받아 하얗게 빛나는 연기였다.

느티나무 잎이 떠 있는 컴컴한 물 위로 가로등 불빛이 번들거렸다. 검은 연못은 낮보다 넓어 보였다. 연못 둘레를 따라 늘어선 나무들은 풍성하지도 야위지도 못한 채 유예된 시간을 버티고 서 있었다. 겨울은 아직 멀리 있었다. 연못 중앙의 작은 정자 주위로 노란 불빛이 비쳤다. 문이 달려 있는 정자였다. 기연은 그 문을 열고 안으로 들어가 숨고 싶었다. 그녀는 깊은 한숨을 내쉬었다.

그는 말이 없었다. 어느 순간 짧아진 담배가 툭 떨어지더니 그가 기연의 어깨에 스르륵 기대었다. 담뱃불은 채 꺼지지 않고 빨갛게 빛을 발했다. 그녀는 그것을 밟아서 꺼트렸다. 그는 그녀에게 기대어 잠이 들어버렸다. 두 팔을 모아 팔짱을 끼고서…… . 어깨 위로 그의 무게와 체온이 느껴졌다. 잠든 그의 얼굴은 못생긴 감자처럼 쭈글쭈글하고 표정이 없었다. 긴장이 죄다 풀어져버린 그는 조금 행복해 보였다. 입술이 살짝 벌어졌다. 팔자 주름이 깊은, 면도를 하지 않은 턱에 희고 까칠한 수염이 가로등 불빛에 반짝였다. 그를 몰랐다. 모르는 사람이었다. 그럼에도 그녀는 자신에게 기댄 그를 떨쳐내고 싶지 않아 오래 연못을 바라보고 앉아 있었다. 그날도 그랬을까. 자신이 잠들었던 그날. 자신도 이런 모습이었을까. 무방비로 깊이, 낯선 사람 옆에서 잠이 든 채로. 담배 냄새와 술 냄새, 그리고 예전에 그에게 풍기던 미역 냄새가 났다.

그는 어디를 헤매고 다녔던 걸까. 그는 어디로 가고 있는 걸까. 기연은 그의 머리를 들어 자신의 무릎 위에 놓았다. 눈을 질끈 감은 그의 얼굴을 내려다보며, 까칠한 뺨을 손으로 쓸며 기연은 생각했다. 어쩌면 그는 죽어버린 것일지도 몰랐다. 얕게 코를 고는 소리가 났다. 기연은 피식 웃어버렸다. 아무려나, 아무것도, 아무것도 상관없다는 기분이 들었다. 그녀 역시 자신이 어디로 가고 있는지 어디를 헤매고 다닌 것인지 어디에서 온 것인지 알 수가 없었으니까.

그가 노래를 불러주었으면 좋겠다는 생각이 들었다. 처음 만난 날 흥얼거렸던 그 목소리가 귓가에 생생했다. 그 순간 그 노래가 없었다면, 그가 노래하지 않았다면 그에게 이렇게까지 빠져들지 않았을지도 몰랐다. 추석을 앞두고 그가 찾아온 날, 이 공원에 왔을 때 외면하며 걷는 기연의 옆에서 그는 노래를 불렀다. 그 노래를 뿌리칠 수가 없었다. 그녀는 노래하는 그를 바라보지 않기 위해 애써야 했다. 그는 묘하게 중성적이고 섬세한 중저음의 목소리를 가진 남자였다. 그가 어떤 사람이건 간에, 그 목소리는 아름다웠다. 그녀는 그 아름다움이 좋았다. 그리고 그가 지니고 있는 어두운 여백은 미지근하고도 뭉근했다. 그 속에 차가워진 두 손을 넣고 싶었다.

그녀는 눈을 감은 그에게 조용히 말하기 시작했다.

"그리웠어요. 이 맘을 모르겠다고 생각했는데⋯⋯ 이제는 알 거 같아요."

그녀는 가만히 입을 다물었다가 다시 입을 열었다.

"사랑해요."

그 누구에게도 해본 적이 없는 고백이었다.

"사랑해요. 제 마음에 있는 걸 더 이상 숨기지 못하겠어요. 그래서 말해요. 당신을 사랑해요. 저 깊은 어둠처럼요. 나를 떠나지 않는 불면처럼요. 당신을 사랑하는데⋯⋯ 나는 할 수 있는 게 없어요. 아무것도 없어요. 그래서 이렇게 고백해요. 사랑해요."

연못이 움직였다. 눈물이 흘렀다. 답답하던 가슴이 시원해졌다. 그리고 그 속에 가득 들어차 있던 것이 밖으로 다 쏟아져 나와버린 듯했다. 이 세상에 태어나서, 과연 스스로의 의지로 할 수 있는 일들이 몇 가지나 되는 것일까, 기연은 생각했다. 없었다. 아무것도 없었다. 이런 무용한 고백밖에는.

잔잔한 수면 위로 가끔 무언가 반짝였다. 잉어의 입질이었다. 검은 물은 죽음 같았는데 살아 있는 것이 있었다. 찬찬한 물속으로 이대로 걸어 들어간다면…… 그를 끌고서. 이 어지러움도 불안도 불면도 다 사라질 텐데. 검고 번들거리는 연못이 그대로 잠만 같아서, 그가 빠져든 깊은 잠만 같아서 그녀도 덩달아 그 속으로 걸어가고 싶었다. 그런 밤이었다. 영원의 한 조각 같은. 검은 수면처럼 멈춰버린 시간이었다. 삶의 바깥이었다.

까무룩 잠든 그를 깨우고 싶지 않았다. 그녀는 알았다. 이것이 마지막이라는 걸. 하지만 시간이 너무 늦었고 그도 그녀도 돌아가야 했다. 그녀는 그를 깨웠다. 그는 눈을 뜨고 그녀를 보았다. 술이 깨지 않은 멍한

눈이었지만 다행히 그는 그녀가 이끄는 대로 몸을 움
직였다. 기연은 그를 일으켜 세우고 어깨에 기대게 했
다. 그는 키가 컸고 그녀는 키가 작았다. 그녀에게 기
댄 그는 위태로워 보였다. 그래도 그는 그녀를 따라
순순히 걸음을 옮겨놓았다. 천천히 아주 느리게 두 사
람은 움직였다. 허청허청, 두 사람은 함께 흔들렸다.
그를 이끌고 기연은 자신이 홀로 잠든 적이 있는 모텔
로 갔다. 계산을 하고 그를 침대에 뉘어놓은 다음 방
을 나왔다.

"확실하진 않아요."

비스듬히 창밖에 시선을 두고 있던 미옥이 기연의
얼굴을 봤다.

산책하러 나간 길이었다. 공원 안쪽의 노인들이 몰
려 있는 벤치 근처였다. 술 취한 사람들 몇이 모여 앉
아 있었다. 노인들 사이에 소주병을 들고 있는 사내
가 눈에 띄었다. 사내는 고개를 떨어뜨리고 있었다. 기
연은 떨렸다. 어쩌다가…… 하면서도 그럴 리가 없다
는 생각이 들었다. 그 사람일 리가 없었다. 그여서는
안 되었다. 잘못 본 게 분명해. 그녀는 두려웠다. 잘 알

지도 못하는 대상에게 맹목적으로 향하는 마음이, 애정과 연민으로 대책 없이 기우는 마음이. 몸이 기억하는 닿고 싶은 욕망을 어찌 감당해야 할지 알 수가 없었다. 그녀는 떨면서 뒤돌아 달아났다. 그러다가 어느 순간 멈추었다. 그를 두고 가다니. 그녀는 다시 되돌아갔다. 하지만 그는 없었다. 공원을 헤매며 그를 찾았지만 그는 보이지 않았다. 그날 이후 그녀는 매일 공원으로 가 그의 모습을 찾았다. 그러나 그는 어디에도 없었다.

"어떤 옷을 입었던가요?"

"잘 모르겠어요."

그녀는 양 미간을 찌푸렸다. 고개를 떨어뜨리고 있던 뒷모습. 그 모습은 자신이 알고 있던 치수가 아니었다. 무엇이 그를 그렇게 몰아붙인 것일까. 시장을 태워버린 커다란 불, 그 한복판에 그가 선 채로 타들어갔다.

기연은 미옥을 앞에 둔 채로 모텔에 그를 데려다준 이야기를 해야 할지 고민했다. 차마 그 말은 할 수가 없었다.

"그럼, 이제 같이 가볼까요?"

기연은 미옥을 따라 일어나다가 어지럼증 때문에
몸이 기우뚱해지자 테이블을 급히 잡았다. 미옥이 돌
아보자 기연은 어색한 미소를 지었다. 앉았다가 일어
날 때마다 머리가 핑 돌았다.

　공원은 황량했다. 나뭇잎은 거의 다 떨어졌다. 연못
주위로 가지가 앙상한 나무들이 둘러섰다. 그를 봤던
벤치로 갔을 때 그곳에는 아무도 없었다. 추워진 날씨
탓인지도 몰랐다. 그는 어디로 간 것일까. 미옥은 혹
시라도 그를 보거나 하면 꼭 연락해 달라고 당부하고
돌아섰다. 기연은 미옥 앞에서 당당할 수 없었다. 집
으로 돌아온 기연은 오래 몸을 씻었다.

　기연은 밤새 잠을 자지 못했다. 어제 미옥을 만났
던 일은 꿈만 같았다. 몽롱하게 창을 내다보다가 마
당에서 어떤 소리가 들려 밖으로 나가보았다. 마당은
잠잠했다. 잎사귀가 다 떨어진 석류나무는 꼭대기쯤
에 따지 못한 작은 열매 하나만 매달고 서 있었다. 나
무껍질이 배배 꼬여 뒤틀리듯 위로 뻗은 나무는 한 번
도 반짝이는 잎사귀와 열매를 매단 적 없는 것처럼 기
괴하고 초라해 보였다. 그녀는 대문 앞까지 다가가 조

심스레 문틈으로 밖을 내다봤다. 대문 밖 좁은 화단이 보였다. 치우지 않은 낙엽이 수북이 쌓여 있었다. 그녀는 혹여 그가 오지 않을까 싶었다. 두려움과 불안이 뒤범벅된 마음이었다. 하루라도 빨리 그가 집으로 돌아가길 바랐다. 그가 편안해지길 바랐다.

기연은 재연의 방으로 가 부서진 그림을 바라보았다. 나무틀이 부서지고 발자국이 나고 찢겼지만 그림은 아직 볼 만했다. 짙은 주홍 바탕에 검은빛 풀들이 자라나 퍼지고 있는 그림은 지난여름의 감각을 떠오르게 했다. 체취, 손길, 간절함. 그냥, 그 간절함만은 진짜였다고 믿고 싶었다. 매달릴 곳 없는 사람 둘이서 서로를 붙잡고 있었다. 잠시, 아주 잠깐의 일이었다. 주홍빛 거품.

만약, 그 모텔에 그가 아직 머물고 있다면.

기연은 소파에서 일어났다. 미옥과 함께 그 모텔을 찾아갔어야 했다. 모텔 침대에서 죽은 듯이 잠들어 있던 그의 모습이 머릿속을 떠나지 않았다. 가슴이 서늘해졌다. 사람의 목숨보다 중요한 것이 무엇일까. 자신이 두려워하는 것이 무엇인지 몰랐지만 그녀는 그것을 피해서는 안 되었다. 그녀는 재킷을 찾아서 걸쳤다.

혹시나 하는 마음에 먼저 공원으로 갔다. 미옥과 함께 갔던 공원 안쪽으로 가보았다. 노인들 몇이 앉아 있을 뿐 치수는 없었다. 해가 기울고 있었다. 어두워지면서 공기는 한결 더 차가워졌다. 그녀는 돌아가는 길에 연못 앞에 서서 물을 내려다보았다. 잉어들은 추워진 날씨에도 변함없이 유유히 헤엄치고 있었다. 거뭇한 잉어의 등이 기우는 빛에 반짝였다. 찬바람이 목으로 파고들었다. 그녀는 그제야 자신이 머플러를 두르고 나오지 않았다는 걸 깨달았다. 연못물이 늦가을 바람에 일렁였다. 물비늘들이 바람을 따라 한 방향으로 쓸려 다녔다.

그는 죽음을 생각하고 있을까. 갑자기 딸아이의 얼굴이 떠올랐다. 기연은 자신과 세상을 이어주는 유일한 끈이 딸이라는 사실에 안도했다. 딸이 있기에 그녀는 세상 쪽으로 바짝 붙어 걸을 수 있었다. 둥근 볼과 부드러운 이마를 지닌 아기였던 내 딸. 내 딸이 이 세상에 살아 있는 한 그녀는 이 세상을 떠나고 싶지 않았다. 그 사람에게는, 그런 것이 없을까? 아들들이 있지 않은가. 그렇게 생각하자 조금은 다행이다 싶었다. 그에게도 재연이 있었다. 기연은 이 생각에 피식 마른 웃음을 웃었다. 그에게도 그녀에게도 재연이 있었다. 그녀는 조금 용기를 내보기로 했다.

모텔에 들러 주인에게 치수의 인상착의를 설명하자 그는 반색했다.

"며칠 전부터 아예 안 나오더라고. 나 참. 그래도 그 전에는 편의점이라도 왔다 갔다 하는 것 같더니. 어서 데려가쇼."

기연의 생각이 맞았다. 그는 아직 그곳에 있었다. 방은 이 층이었다. 그녀는 주인과 함께 이 층에 올라갔다. 안에서는 아무런 기척도 들리지 않았다. 주인이 문고리를 돌리니 그대로 문이 열렸다. 방 안은 어두웠다. 침대에 가만히 누워 있는 남자가 보였다. 그였다. 반가움이 밀려들었다. 꼴이 말이 아니었지만 그는 여전히 숨 쉬고 있었다. 주인이 그를 흔들어 깨웠다. 치수는 가만히 눈을 떴다. 그대로 천장을 바라보고만 있었다. 주인이 나가고 기연이 서 있는 동안에도 그는 몸을 일으키지 않았다. 어둑한 방 안으로 침묵이 고여들었다. 기연이 입을 뗐다.

"당신을 찾고 있어요."

그의 누운 모습을 바라보고 있으니 처음 만났을 때가 떠올랐다. 곱슬한 머리, 큰 키, 큼직한 두 손, 푼푼하던 웃음, 소년 같은 보조개. 그건 가면이었을까. 웃음기가 싹 가신 그는 무겁고 어두웠다. 두 뺨이 패고, 눈이 퀭했다. 보조개가 있던 자리는 딱딱하게 굳어 있었다.

그는 아주 작게 쪼그라들어 버린 것만 같았다. 키가 컸던 남자가 아주 작은 아이가 되어버렸다. 그의 검은 눈동자만은 그대로였다. 그의 얼굴에 늘 머물러 있던 어린아이 같은 얼굴이 온전히 드러났다. 연약하고 부드러운, 미소와 목소리. 그에게 끌렸던 건 그의 이런 연약한 면 때문이었을지도 모르겠다는 생각이 들었다. 그는 다시 노래할 수 있을까. 문득 그의 노랫소리가 귓가에 울렸다.

"애들이 걱정 많이 한대요. 재연이요, 당신 아들 재연이 말이에요."

그가 입을 열었다.

"아들."

목소리가 쩍 갈라졌다. 상처가 벌어지듯이, 열려진 입에서 탁한 소리가 흘러나왔다. 기연은 자기도 모르게 뒷걸음질했다.

"내 아들?"

그의 뺨 위로 눈물이 흘러내렸다.

"네, 당신 아들이요."

그는 옆으로 돌아누워 잔뜩 웅크렸다. 기연은 불을
켰다. 방 안이 환해졌다. 바닥에는 빈 술병과 과자 봉
지 따위가 뒹굴고 있었다. 그녀는 등을 보이고 돌아
누운 그에게 다가갔다. 손을 뻗어 그의 머리카락을 쓸
었다.

"살아야죠. 살아야 되는 거잖아요. 이렇게 숨어서는
안 되는 거잖아요."

울컥 치미는 것이 있어 목소리가 떨렸다. 그가 입을
열었다.

"나는 늘…… 누군가를 실망시키지."

기연이 겨우 대답했다.

"아니요. 모두가 그래요. 모두가……."

기연은 이렇게 말하고 그의 어깨에 손을 얹었다. 당
신을 기다려요. 이불을 능숙하게 펴고 내게 환하게 웃
어주던, 그때의 당신을. 그녀는 그 웃음으로 충분했다
는 걸 깨달았다. 그의 어깨를 잡은 그녀의 손에 힘이

들어갔다. 그는 다시 몸을 돌려 천장을 보고 누웠다. 두 눈을 들어 그녀를 보았다. 그는 애써 희미하게 웃었다. 그가 그녀의 손을 잡았다.

"술 그만 마셔요. 이러다 죽어요."

그는 천천히 고개를 끄덕였다. 그녀는 더 이상 아무런 말도 할 수가 없었다. 잡았던 손을 빼고 조용히 뒤돌아섰다. 그의 손은 여전히 따뜻했다.

"가족들이 기다리고 있어요."

그녀는 힘주어 말하고 방문을 닫았다.

기연은 모텔 밖으로 나왔다, 미옥에게 전화를 걸어 그가 있는 곳을 알려주었다. 전화를 끊고 그녀는 천천히 걸어서 집으로 돌아갔다. 집이 아득히 멀었다.

새해가 되었고 날은 점점 더 추워졌다. 날이 추워지자 단독주택인 기연의 집에 지독한 한기가 들었다. 보일러를 계속 돌리지 않으면 집은 금세 추워졌다. 남편은 안방 말고는 보일러 밸브를 죄다 잠가놓았다. 거실에 앉아 있으면 입김이 뿜어져 나오는, 혹독한 겨울이 시작되었다. 수면 양말을 신고 점퍼를 입고 있어도 거실에서 티브이를 보고 있노라면 손발이 추위로 움츠러들었다.

창틀에 놓아둔 석류가 말라가고 있었다. 기연은 티
브이를 보다가 창틀의 석류를 바라보았다. 단 하나 남
았다. 재연에게 택배로 보내주고 생각날 때마다 하나
씩 먹고 이제 마지막 남은 석류였다. 석류는 잔뜩 쪼
그라들었다. 그녀는 석류를 손에 쥐었다. 껍질이 차갑
고 단단했다. 그녀는 과도와 쟁반을 가져와 석류를 갈
랐다. 붉은 물이 흘러나왔다. 투명한 알갱이들이 반짝
였다. 희고 부드러운 과육이 붉은 씨를 감쌌다. 메마
른 껍질을 손으로 벗겨내고 알갱이를 손바닥 위에 모
아 입속으로 털어 넣었다. 상큼한 단맛이 입안 가득
퍼졌다. 그리고 떫은 뒷맛.

이로써 마지막이었다.

그는 돌아갔다. 미옥은 기연의 전화를 받고 바로 아
들과 함께 모텔을 찾았고 그를 집으로 데리고 왔다고
했다. 미옥이 기연에게 연락을 주었다. 그는 그렇게 집
으로 돌아가 어떻게 지내고 있을까. 알 수가 없었다.
계속 술을 마실 수도 있고 끊었을 수도 있다. 하지만
집으로 돌아간 이상 죽지는 않았을 것이다. 그에게서
는 아무런 연락을 받지 못했다. 기연은 궁금했지만 그

의 아내에게도, 그에게도 먼저 연락할 수는 없었다.

이불을 꺼내주던 그의 모습이 눈에 선했다. 보조개가 패던 웃음도. 하지만 그뿐이었다. 그것은 헛것처럼 남았다. 이 세상의 것이 아닌 것처럼, 희뿌옜다.

이렇게 이별이구나. 그녀는 마지막 석류 알갱이를 주워 입에 넣으며 중얼거렸다. 사랑할 사이도 없이 모든 것은 지나가버렸다. 지나가고 또 지나갔다. 일상은 위태롭게 평온을 유지했다. 그녀는 남편의 도시락을 싸고 딸과 통화했다. 가끔 주선을 만나고 혼자 공원을 걸었다. 하지만 그녀의 몸은 급격히 나빠지기 시작했다. 어지럼증이 심해지더니 지난 연말, 길에서 의식을 잃고 쓰러져 응급실에 실려 갔다. 엠알아이를 찍었는데 소뇌가 줄어들어 있다고 했다. 병원에서 추천하는 신경과 전문의를 만나 소견을 듣기로 했는데 그녀는 예약한 날이 다가오는 것이 두려웠다. 자신의 몸에 무슨 일인가가 일어나고 있었다. 자신이 모르는.

의사는 숙면을 취하려면 햇볕을 많이 쪼라 했다. 집에 있으니 더 추운 것 같았다. 점심을 먹고 난 오후 시간, 겨울 햇살은 환했다. 기연은 산책 갈 채비를 하고 현관문을 나섰다. 문을 밀고 나가 계단에 발을 디디는데, 갑자기 머릿속이 하얘지며 세상이 핑 돌았다. 어지럼증이었다. 픽, 하고 티브이가 꺼지듯이 의식이 순간 암전되었다. 그녀는 예닐곱 개 되는 현관 계단에서 한 바퀴 굴렀다. 계단 한쪽 벽에 몸이 세게 부딪히며 멈추었다. 목구멍에서 절로 헉 소리가 났다. 죽음이 그녀를 받아 안는 느낌이었다. 사뿐하고 가볍게 허공으로 누군가 그녀를 내던졌다.

그렇게 처박힌 채로 한참을 있었다. 겨울 햇살이 환하게 그녀를 내리덮었다. 그녀는 눈을 뜨고 하늘과 마당을 쳐다만 봤다. 휴대폰이 진동했다. 그제야 조금 정신이 들었다. 그녀는 호주머니 속에서 떨리고 있는 휴대폰으로 간신히 손을 뻗었다.

-엄마.

-응.

-뭐해?

-아…… 그냥 있지.

-엄마, 나 임신했어.

-…….

-엄마? 듣고 있어? 나 임신했다고.

-어이쿠. 그래, 잘했다.

-엄마, 이번 주말에 갈게.

-그래, 그래.

전화를 끊고 기연은 이마를 짚었다. 팔에서 피가 흘렀다. 팔뚝이 까져서 쓰라렸다. 그녀는 바닥을 짚고 일어서려 했지만 몸이 말을 듣지 않았다. 그녀는 안간 힘을 쓰다가 그대로 힘을 빼고 누워버렸다. 햇살이 너무 좋았다. 집 안은 추웠는데…… 햇볕으로 온몸이 따뜻해지는 기분이었다. 딸이 임신을 했다니. 딸아이 뱃속에 누군가 있다니. 딸아이가 내 뱃속에 처음 찾아왔을 때처럼, 그렇게 세상에 유일한 기쁨이 찾아왔을 때처럼 딸아이에게도 그런 일이 일어난 거다.

기연은 누운 채로 웃었다. 웃을 때마다 머리와 팔뚝과 허리와 다리가 아팠다. 죽지 않고 살았구나, 아픈 걸 보니. 죽음이 바짝 다가와 자신의 뺨에 제 얼굴을 맞대고 있는 것만 같은 이런 때에, 기연은 자신이 할머니가 된다는 사실을 기쁘게 받아들였다.

석류나무가 검게 마른 열매를 하나 매달고 기연의 웃음을 내려다보고 있었다.

한 차례 아팠던 그 사랑은 이제
중년의 사랑에서 모녀 서사까지

강도희(문학평론가)

이 계절의 사랑

박도하의 『기연』은 장마다 다른 초점 인물들로 구성된다. 우연한 만남과 느슨한 관계로 연결되어 있는 인물들은 서로를 통해 뿌리 깊은 고독감을 발견하면서도 상호보완적이고 치유하는 관계가 되기도 한다. 소설에서 우선 눈길을 끄는 것은 서로의 상처를 덮어주는 두 사람의 사랑이 시작되는 장면이다. 기연은 딸 재연의 결혼식을 앞두고 집 근처 시장의 이불집에서 혼수를 장만한다. 쉰일곱인 그녀는 스물다섯의 딸이 결혼을 빨리하는 것이 못마땅하다. 딸이 나이 차도 꽤 나고 무뚝뚝한 남자와 결혼하는 것을 보면 자신이 결혼하던 때가 떠올라 화가 치민다. 기연에게 딸은 또 다른 '나'이자 최초 사랑의 대상이다.

한편 기연이 들어간 이불 가게의 주인 치수는 소년 같이 웃다가도 금세 쓸쓸해지는 얼굴이 기연에게 묘한 친숙함을 안긴다. 치수는 기연이 고른 이불을 능숙하게 싼 다음 기연과 함께 트럭에 올라 집까지 배달해준다. 치수의 분위기 때문인지, 차에서 흘러나온 노래 〈앤드 투 이치 시즌(And to Each Season)〉 덕분인지 기연은 문득 편안해진다. 그의 아들 이름이 자신의 딸과 같은 재연이라는 것을 알고는 간만에 웃음이 터져 나온다. 다음 날 기연은 치수를 다시 찾아가 여름 홑이불을 달라고 한다. 시장에서 그와 콩국수를 먹고 빈집에 돌아온 기연은 홑이불에 몸을 맡기고 모처럼 길고 서늘한 낮잠을 잔다. 마음은 계절처럼 스며든다.

이 마음은 기연에게 낯설다. 사위를 탐탁지 않아 하는 엄마를 향해 딸아이가 "엄마는 사랑해본 적도 없잖아"(p.21)라고 했던 목소리가 문득 떠오른다. 정말이지 기연은 벚꽃을 보거나 딸아이를 키울 때 느꼈던 예쁘다, 사랑한다, 안고 싶다 같은 마음을 사내에게 느껴본 일이 없다. 앞으로도 그 마음은 요원하다. 계절과 함께 날씨가 바뀌듯 중년에서 노년으로 접어드는 시간을 몸은 무심결에 인식한다. 갖은 손상과 질병은 쉽게 욕망할 수 없는 몸을 만든다. 기연이 자궁적출술을 받고 남편이 당뇨를 앓으면서부터 두 사람은 관계를 갖지 않았다. 오랜 시간 욕망의 주체나 대상이 되지 못했던 기연에게 딸의 결혼은 어머니로서 가졌던 애착의 자리마저 이제 소멸했음을 알린다. 그렇게 딸아이가 떠난 뒤 자신이 인생의 변두리 즈음에 놓였다 생각했던 기연에게 치수와의 사랑은 어떤 삶을 다시 살아가게끔 자리를 내어준다. 사랑은 그녀를 생의 주인공으로 부른다.

기연에게는 무엇보다 오래된 불면증이 있다. 딸을 낳은 뒤부터 시작된 불면증은 이제 기연의 한 부분이 되어버렸다. 밤에는 서너 시간밖에 자지 못하고 낮 동안은 기면증에 시달린다. 치수와 다시 시장에서 만난 날에도 기연은 졸음을 참지 못한다. 그런 기연을 치수는 편히 잠들게 한다. 그를 통해 접한 서늘하고 포근한 이불, 그리고 캄캄하고 조용한 모텔방은 기연으로부터 환하고 소란스러운 세상을 차단한다. 기연은 그

어둠과 고독함에서 안도감을 느낀다. 충분한 잠은 빛
이 드는 때에 잘 깨어날 수 있게 해준다.

이불을 파는 치수는 가게에 들어선 기연의 피로감
과 허무함을 바로 알아보았다. 그가 알아챈 기연의 고
독함은 칠 년 전 죽은 치수의 어머니가 평생 얼굴에
새기고 다니던 깊은 고독이다. 치수의 아버지는 재일
교포로 오래전 일본으로 건너가 또 다른 가정을 꾸렸
다. 아버지의 빈자리와 어머니의 기대를 짊어진 채 치
수는 고등학교 졸업 후 한량처럼 떠돌다 시장에 자리
를 잡고 장사를 시작했다. 이불은 어느 계절이건 누구
에게나 필요하다. 그 속에서 사람들이 웅크리고 편안
히 잠들 수 있도록 그는 적절한 감촉과 두께의 이불을
골라주는 일을 삼십 년 동안 해왔다. 기연이 자기 옆
에서 긴장을 풀고 잠들 때 치수는 자기 역시 누구보다
포근하고 따뜻한 손길을 갈구했던 사람임을 알게 된
다. 치수는 기연과의 만남을 이어가고자 하지만, 기연
은 그것이 불가능하다는 것을 안다. 불면이 심한 어느
밤 혼자 모텔을 찾아 잠자고 왔다가 남편에게 들킨
뒤로 기연은 어지럼증을 유발하는 수면제에 의존해
잘 수밖에 없다. 어지러운 것은 머릿속만이 아니다. 오랫동안 지켜왔던 무언가가 치수와의 만남 이후에 흔들리고 있다는 불안함이 기연을 엄습한다.

그녀들이 집을
떠나지 못하는 이유

타인을 사랑하는 능력의 상실과 우울함의 근원에는 가족으로부터 받은 상처와 이해가 단절된 경험들이 존재한다. 특히 『기연』에 나오는 여성 인물들은 남편, 자식, 엄마와의 관계 속에서 느끼는 소외감과 상처를 오랫동안 곱씹어왔다. 먼저 기연은 스물 아홉이 되는 해 부모님의 압력에 못 이겨 지금의 남편과 결혼했다. 기연보다 열 살이 더 많은 남편은 아내에게 무신경하고 때때로 폭력적이다. 가부장적인 통제와 건강에 대한 강박으로 기연을 늘 긴장하게 만든다. 우리 안에 갇혀 있는 듯한 답답함, 그럼에도 적당히 무마하며 흘려보낸 일상의 허무함을 기연은 남편과 딸, 예비 사위가 함께 모인 식탁 위에서 가만히 응시한다.

이 모든 게 삼십 년이 다 되도록 지속되었다는 것이 그저 지겨울 뿐이었다. 이제, 유일한 자식인 딸도 결혼하는 마당에 대충 묶어둔 매듭 같은 가족이라는 연결 고리가 무슨 의미일까 싶었다. 저도 모르게 한숨을 내쉬었다. 뒤늦게 에어컨을 켜긴 했지만 반팔 티셔츠와 긴 치마 안은 이미 땀으로 축축했다. 표면은 축축한데, 속은 바짝 말라 쩍쩍 갈라지고 있는 것 같았다. 몹쓸 허기가 깊숙이 자신을 갈라놓았다. 그건 단순한 공복감이 아니었다. 지난 인생을 돌이켜 볼 때마다 뿌리 깊게 파고드는 텅 빈 결락감이었다. 발그레하게 홍조를 띠며 제 남편 될 사람을 챙기는 재연을 바라보며 속으로 중얼거렸다. 그래 이년아, 너는 참 좋겠다. (p.39~40)

아이는 기연이 가족 안에 속박되면서 동시에 정착할 수 있게 해준 매듭과도 같은 존재다. 기연에게 그 매듭이 헐거워졌던 계기는 치수와의 만남보다도 일차적으로는 하나뿐인 아이의 독립과 결혼이다. 딸의 탄생과 동시에 주어졌던 엄마의 자리는 딸이 다른 가족을 꾸리면서 점차 소멸될 것이다. 그에 대한 준비가 미처 되어 있지 않은 기연은 나로부터 분화된 저 신체가 만들어갈, 다른 '나'일 수 있었던 미래가 나와 크게 다르지 않은 누군가의 아내로 귀결되었다는 것에 실망한다. 제 아버지와 비슷한 남자 옆의 딸을 보며 기연은 오랜 욕망이 상실되는 깊은 공허함을 느낀다.

사랑의 성공이 결혼으로 끝나기에는 숱하게 많은 위기와 좌절이 그 후에 찾아온다. 가족 내부에서 모순과 소외감을 경험한 여자들은 서로를 바라보며 자신들이 얼마나 실패했는지 가늠한다. 그렇다고 서로를 동경하고 다른 길을 택하기에는 타인의 실패가 갖는 무게도 만만치 않다. 기연의 친구 주선은 남편과 십삼 년 동안 살다가 이혼했다. 아이를 가질 수 없었던 주선은 재연을 키우는 기연을 그림 모델로 두고 바라보며 그녀 안의 생기와 충만함을 이따금 발견한다. 반면 가정 바깥의 삶을 상상하기도 어려웠던 재연은 주선이 변해버린 남편과 출산에 대한 압박에 맞서 스스로의 길을 택하는 것을 바라보며 자신이 주선이었더라면 어땠을지 상상한다. 여성들은 가장 약한 부분을 드러내며 상처를 공유하는 것만큼이나 나와 다른 타자의 존재성에 의미를 부여하고 서로의 회복을 돕는다.

가족 안에서 오랫동안 곪은 상처를 직시하는 또 다른 여성으로는 미옥이 있다. 치수는 집안의 제사를 지내고 어머니를 모심으로써 먼 곳에 있는 아버지로부터 아들로서 인정받고자 한다. 그러나 이 일을 실제로 수행하는 것은 치수의 아내 미옥으로, 그녀는 엄한 시어머니를 삼십 년 넘게 모시고 명절을 포함해 일 년에 일곱 번 제사를 지내왔다. 아들 치수에 대한 집착으로 오랫동안 미옥의 자존감을 깎아온 시어머니는 이제 없지만 미옥은 때때로 무력감과 자책에 매어 있다. '어머니'에게 받은 상처를 털어놓지도 보듬지도 못하는 치수와 미옥 두 사람은 이제 아득히 멀어져 갈림길을 앞두고 있다. 미옥은 위암 수술을 받은 뒤 치수에게 이혼하자고 한다. 합의하지 않고 버티는 치수를 두고서는 절에 들어간다. 이혼이 살아남은 자신을 위해할 수 있는 가장 간절한 일임에도 마음이 편치 않다. 그런 미옥에게 말을 붙이며 다가온 혜순은 교통사고로 하반신이 마비된 남편을 오 년 동안 돌보다 떠나보냈다. 조금은 이기적으로 남편의 죽음을 기다리며 혜순은 고통스러운 간병과 결혼 생활을 버텼으나 미옥에게는 그럴 명분도 의리도 없다. 이혼이 모든 것을 해결해주지는 못하지만, 아직 살아 있는 한 그는 사랑받고 자유롭고 싶다. 입장과 상황은 다르지만, 혜순이 보여준 환대와 위로는 미옥이 그럴 가치가 있는 사람이라는 것을 모처럼 깨닫게 해준다.

가정 밖을 선택한 여성의 자유가 가족 안의 아이에게는 부자유의 상처를 남기기도 하는 역설은 예리의 이야기에서 드러난다. 예리는 치수에게 이불 장사를 가르치고 미옥을 소개해준 외사촌 형 한성의 딸이다. 기연이 딸 재연을 이해할 수 없다면, 예리에게는 엄마가 이해불가한 대상이다. 엄마는 예리가 아기일 때 집을 나가 여덟 살 때 아빠와 재결합했다. 그녀가 왜 엄마 되기를 포기한 것인지, 집을 나간 것은 다 자기 때문인지, 왜 다시 자신들에게로 돌아온 것인지 누구도 예리에게 설명해주지 않는다. 돌아온 엄마는 딸에게 여전히 "차갑고 깊은 구멍"이자 "비어버린 시간. 영원히 채울 수 없는 허공"이다(p.114). 없을 때는 잊으면 그만이었지만, 눈앞에 있는 이상 엄마는 부재했던 시간을 자꾸만 각인시킨다. 예리에게 어머니 상실에 대한 기억은 일종의 트라우마로서 애인과의 결혼을 접는 계기까지 된다. 부재한 어머니는 '나쁜 어머니'로

은연중 인식되지만, 그것이 자의적이고 부당한 비판이라는 것을 아는 예리는 자신의 감정을 마음대로 표현할 수가 없다. 그런 예리에게 미옥은 '좋은 어머니'의 자리에 놓여 현실의 결핍을 메워준다. 엄마가 없던 시절 미옥에게 맡겨진 예리는 미옥이 자신의 엄마이기를 바랐고, 딸이 갖고 싶었던 미옥 역시 예리를 돌보며 외로움을 충족한다.

나쁜 어머니와 좋은 어머니 어느 쪽이든 어머니와 결합되고 싶은 예리의 마음은 결국 아들들에게 밀려 채워지지 못한다. 대신 부모의 재결합 이후 태어난 늦둥이 동생 다솔을 돌보면서 예리는 조금씩 엄마와 이어진다. 엄마를 사랑할 수는 없지만 엄마의 아들을 함께 키우면서 딸은 동지애를 느끼고 자신의 자리를 조금씩 찾아간다.

순환하는
에로스와 타나토스의 시간

삶과 사랑을 향한 욕망을 제어하거나 더 추진하는 동력으로서 죽음은 서사를 움직이는 주된 힘이 된다. 소설 전반에 걸쳐 변하는 계절의 풍경, 드러나는 색과 명암 등 회화적 요소는 죽음으로 한 발씩 걸어가는 인물들의 상황과 심리를 잘 보여준다. 인물들은 가만히 그림과 바깥의 풍경을 바라보며 마음을 이입한다. 기연이 거실에 걸어둔 그림은 기연을 감싸는 까마득한 밤의 어둠을 채워준다. 잠을 기다리는 시간은 어쩌면 죽음을 기다리는 시간. 그 시간의 동행자가 곁에 없다는 사실은 『기연』의 인물들이 갖는 외로움의 근원이기도 하다.

　따뜻한 주홍빛. 그림 가득 물이 흐르고 있는 듯했다. 부드러운 곡선을 그리며 펼쳐진 풀들의 번짐. 풀이 물 위로 번져나가는 듯 보였다. 왜 이렇게 나날이 바싹 말라가는 것인가, 시간은. 그녀는 의아했다. 왜 어느 것 하나 젖은 것이 없는가. 이다지도 적막한가. (p.29)

　이 자리에 그와 마주하고 있어서는 안 되었다. 두 사람 사이에는 아무것도 있어서는 안 되었다. 그것이 주홍의 꽃이건 연보라의 잎사귀건 진분홍의 이슬이건 아무것도, 아무것도 생겨나서는 안 되는 것이었다.

그 싹을 눌러버리거나 지워버리거나 날려버리려 했지만 그녀는 자신이 철저히 실패했다는 것을 깨달았다. (p.162)

치수를 만나고 온 날, 그림 속 주홍빛 배경에 그려진 짧고 가는 선들은 기연에게 물가의 풀처럼 젖어드는 듯했다. 집 마당에 심은 석류나무는 연두색 잎사귀와 주홍빛의 석류꽃이 환하다. 그러나 눈앞의 빛과 색은 영원하지 않고 인물들은 무언가가 떠나감을 절감한다. 시장에서 불이 난 날 치수는 붉고 검은 불길이 덮은 것은 자신의 가게만이 아니라 기연과의 사랑, 치유되지 못한 가족들과의 상처, 그 모든 결과를 만든 자신임을 깨닫는다. 기연 역시 그 못지않게 자신의 삶에 도사린 실패를 생각한다. 시월의 석류나무는 꽃이 다 져 검은 가지가 돋보이고 창틀에 두었던 석류들은 더 이상 붉지 않고 누르스름하고 거칠다. 치수를 다시 만난 기연은 계절의 시간성을 거슬러 싹을 틔우고 꽃을 피우려 하는 마음을 애써 억누르지만 결국 솟아나는 '흉한' 마음에 수치를 느낀다. 사랑의 실패, 아니 소멸의 실패다.

그들이 처음 만날 때 갔던 공원은 텅 빈 집과는 다르게 분수에서 솟구치는 물줄기, 노인들의 소란스러움으로 분주했었다. 그때 그들은 노인들을 먼발치에서, 있는 힘껏 거리를 두고 지켜보며 "늙수그레한 남자와 여자일 뿐"(p.33)인 자신들이 그래도 아직 다 늙지 않았음을 확인하려 했었다. 그러나 시간이 흘러 그들이 다시 찾은 공원은 어둡고 황량하다. 타자들과의 비교를 통한 자기 위로도, 삶의 흔적들에 대한 애정도 더는 가능하지 않다. 기연은 자신에게 기대 잠이 든 치수를 보며 더 이상 소년 같지 않게 쭈글쭈글한 얼굴이 낯설다고 느낀다. 그럼에도 기연에게 찾아오는 건 더없는 사랑의 마음이다.

"그리웠어요. 이 마음을 모르겠다고 생각했는데……
이제는 알 거 같아요."
그녀는 가만히 입을 다물었다가 다시 입을 열었다.
"사랑해요."
그 누구에게도 해본 적이 없는 고백이었다.
"사랑해요. 제 마음에 있는 걸 더 이상 숨기지 못하겠어요. 그래서 말해요. 당신을 사랑해요. 저 깊은 어

둠처럼요. 나를 떠나지 않는 불면처럼요.(…)" (p.173)

그가 더 이상 나의 초라함을 온전히 덮을 수 없어도, 불안을 달래는 빛이 되지 못해도 기연은 그를 사랑한다고 고백한다. 다른 선택지가 없었던 자신의 삶에서 치수가 있는 곳까지 걸어 들어간 것은 처음으로 기연 스스로 내린 선택이었다. 그러나 선택의 힘은 오래가지 못한다. 이제 저항해도 막을 수 없이 커버린 마음과 그다음이 없는 무용한 고백 앞에서 기연은 사람이 의지대로 할 수 있는 선택이 과연 얼마나 있을지 묻는다.

죽음/늙음에 저항하며 삶의 빛깔을 보여줬던 에로스는 이제 죽음을 향한 욕망과 한 몸이다. 서로를 바라보며 위로했던 두 사람은 다시 철저한 외로움 속에서 자신들에게 얼마 남지 않은 시간의 끝을 같이 기다린다. 기연은 잠든 그를 끌고서 호수의 검은 물속으로 걸어 들어가고 싶은 충동을 느낀다. 치수는 기연이 잠을 잤던 모텔에서 홀로 죽은 듯이 잠적한다. 그러나 과연 죽음을 향해 가는 것만이 두 사람의 공통점일까. 기연은 문득 딸 재연의 얼굴을 떠올린다.

그는 죽음을 생각하고 있을까. 갑자기 딸아이의 얼굴이 떠올랐다. 기연은 자신과 세상을 이어주는 유일한 끈이 딸이라는 사실에 안도했다. 딸이 있기에 그녀는 세상 쪽으로 바짝 붙어 걸을 수 있었다. 둥근 볼과 부드러운 이마를 지닌 아기였던 내 딸. 내 딸이 이 세상에 살아 있는 한 그녀는 이 세상을 떠나고 싶지 않았다. 그 사람에게는, 그런 것이 없을까? 아들들이 있지 않은가. 그렇게 생각하자 조금은 다행이다 싶었다. 그에게도 재연이 있었다. (p. 179~180)

나의 딸, 당신의 아들, 재연은 우리와 세상을 이어주는 존재, 세상에 한 생명을 내놓고 무한한 사랑을 줄 수 있었던 과거의 기억이 응집된 존재다. 크고 작은 실망과 낙담이 있을지언정, 딸은 다가올 미래를 기대하게 만들었던 존재, 세상에서 내가 없어진다고 해도 남아 있을 나의 일부분이다. 그러한 존재와 내가 연결돼 있다는 사실은 아직 세상을 떠나고 싶지 않게, 세상을 더 살아보고 싶게 만든다. 사랑의 뒤에 끝이 있다면, 끝의 뒤에는 또 무언가가 있지 않을까. 기연의 이야기는 여기서 끝난다. 그러나 기연을 찾아온 전화는 또 다른 이야기의 시작을 알린다. 아픈 곳에서 탄생하는, 시작부터 위태로운 사랑의 이야기를.

기연을 위한 변명

기연이 나를 처음 찾아온 건 2016년 초여름이었다.

너무 많은 것을 참고, 모든 것을 감수하며, 많은 일들을 해냈지만 그 자신의 노고를 어떤 방식으로도 보상받지 못한 채 가만히 늙어가고 있는 누군가가 바로 기연이었다.

왜 도대체 거기에 계속 있는 건가?

처음에 떠오른 의문은 그것이었다. 왜 미련스럽게 한자리를 지키고 있는지, 또 다른 빛을 찾아가지 않는 것인지. 당신에게 빛이란 무엇인지, 도무지 알 수 없었다. 이해할 수 없었기에 그것은 굴종이며 무기력이라고 멋대로 판단했다.

기연을 위해 변명하고 싶었다. 기연이 왜 그렇게 뒤늦은 사랑에 빠진 건지, 왜 결국 그 어느 것에서도 벗어나지 못한 건지.

2019년 나는 다시 기연을 생각하기 시작했다. 다시 꺼내 본 기연의 이야기는 아름다웠고 기연은 그 뒤로도 가만히 존재하며 나를 떠나지 않았다. 2020년 첫아이가 태어나고, 백일이 지나고 돌이 지나는 동안도 나는 계속 기연의 이야기를 이어 썼다. 그사이 나는 알게 되었다. 나 역시 기연임을. 같은 자리에 끈덕지게 머물며 처음 생겨난 빛을 지키기 위해 사력을 다하고 있는 내가 바로 기연이었다.

다른 곳으로 가지 못해서 여기에 머무는 것이 아니라, 바로 그 자리에 빛이 있기에 그곳을 떠나지 않던 거였다. 그 자리는 바로 생명의 자리였다. 세상의 모든 어머니들은 그곳을 지키고 서 있다. 저마다 다른 방식으로. 어떤 고통 속에서도, 그곳이야말로 가장 큰 빛과 기쁨이 존재하기 때문에. 감히, 말하고 싶다. 기연, 당신이 그곳에 있었기에 우리가 여기 있다고.

『기연』을 쓰는 동안 많은 일이 있었다. 엄마가 아프

기 시작했으며, 첫아이를 낳았고, 엄마가 세상을 떠났다. 내가 엄마가 되는 동안 나의 엄마는 이 세상으로부터 점점 멀어져, 사라져버렸다. 우주 어딘가로.

엄마의 고통은 나의 고통이었다. 살면서 가장 큰 슬픔과 아픔이 나를 지나가는 시간이었다. 그 시간 동안 『기연』을 쓰며 나는 이 세상에는 없는 기연, 주선, 치수, 예리, 미옥으로부터 위로받았다.

많이 달라졌다고 생각했지만 결국은 많은 여성들이 출산을 겪으며 비슷한 삶의 모양을 가지게 된다. 그것은 거대한 성장이면서도 아주 깊이까지 어둠 속에 뿌리박히는 일이다. 그 어느 곳으로도 갈 수 없게 된다. 본질적으로는.

하지만 다른 삶이란 또 무엇일까. 그런 것이 과연 있기나 할까.

내가 이 글을 쓰면서 받은 위로와 같이, 기연으로 살고 있고, 또 기연이 되지 않고자 하는 모든 사람들에게 이 책이 위로가 되었으면 좋겠다.

아직 채 제 모습을 갖추지 못했던 원고를 먼저 읽고 출간을 허락해주신 강수걸 대표님께 깊은 감사의 마음을 전한다. 대표님이 아니었다면 『기연』은 여전히 숨은 자리에서 제 모습이 어떤 것인지도 모른 채 시간이 흐르는 대로 낡아갔을지도 모른다. 미완성의 원고를 꼼꼼히 읽고 자신 없어 하는 나에게 현명한 조언을 해준 신지은 팀장님께도 감사 인사를 하고 싶다. 일면식도 없는 작가의 작품을 기꺼이 받아 기연의 작디작은 목소리에 귀 기울여준 강도희 평론가님. 때로는 유령같이 여겨지는 이 세상에 존재하는 무명의 목소리들을 지면에 불러내, 힘을 불어넣어준 강도희 평론가님의 글을 읽고 기연의 이야기가 나의 혼잣말이 아닌, 누군가 기꺼이 들을 만한 무언가일 수도 있다는 희망을 가지게 되었다.

부디, 이 책이 모든 것의 시작이기를 바란다.

모든 것은 가깝고, 또 한없이 멀지만 유한한 우주 어딘가에 당신이 있고, 또 나의 내일이 적혀 있어…… 그 한자리에서 우리가 다시 만나기를.

2023년 가을의 초입에,
박도하